JN012290

苺飴には毒がある

The Strawberry Candy Contains Some Poison.

Kairi Sunamura

砂村かいり

ポプラ社

苺飴には毒がある

装画　タナカミホ
装丁　大原　由衣

Contents

序章

「ねえ、ここにも」

諭(さとし)の指先が、写真の上を移動する。少し伸びすぎているその爪の先に、顔も体もわたしよりひと回り小さな少女がいる。

臙脂(えんじ)色のリボンタイがポイントの真新しい制服を着て、唇を引き結んだぎこちない表情で校門の前に立つ、彼女とわたし。

「ここにも……あ、ほらここにもいるね」

「そうだね」

平坦な声でわたしは答え、ソファーから立ち上がる。わたしの重みのぶんだけへこんでいた座面が、ゆっくりと膨らんで元の形状に戻ってゆく。

そりゃあそうだ。小学校の卒業式も、中学校の修学旅行も、高校の入学式も、彼女は当然のような顔をしてわたしと一緒に写真におさまっている。

フィルムカメラで撮影され、粘着力のある台紙にレイアウトされた写真たちは、角がわずかに黄ばんでいる。被写体が成長するに従ってアルバムの重厚感は減じてゆき、やがてポケットに差し入れて収納するタイプのコンパクトなものに切り替わる。小さなガラステーブルの上に、写真をめぐる時代の流れが凝縮されている。

必要な写真はもう、すっかり抜き取って手元にまとめた。あとはそれらをスマホアプリでスキャンしてデータ化し、披露宴用のムービーに使うのだ。

彼女が写りこんでいる写真は、周到に避けた。だから、アルバム本体に残った写真たちの中では逆に目立ってしまっている。「寿美子(すみこ)の子どもの頃の写真ってちゃんと見るの初めてなんだよなあ」と用が済んだアルバムのページをなおもめくっていた諭は、それに気づいてしまった。彼女のことを、わたしの人生の重要人物なのだと解釈してしまったらしい。

「ほんとに使わなくていいの？　たとえばこの写真とかほら、いい写りじゃん。っていうか呼ばなくていいの？　この子」

「いいの」

ふりむきもせずにキッチンへ向かう。それ以上言及するなという圧が伝わったのか、諭は口を閉ざした。

今年の春で、高校卒業から十八年が経った。久しぶりに彼女の写真など見たせいで、そんなどうでもいい計算をしてしまう。

転職した会社の先輩だった諭と結婚したのは三年前だ。その翌年には挙式と披露宴を予定していたものの、新型コロナウイルスの蔓延(まんえん)により、キャンセルという苦渋の決断をすることになった。

未曽有の感染症は地球を駆けめぐり、人の集まるイベントはことごとく自粛(じしゅく)するムードになった。

けれど今年は三年ぶりに行動制限のない夏休みを迎え、各種音楽イベントや地域の祭事なんかも復活し、平常時と同じように式や披露宴を行うカップルも徐々に増えてきた。

「挙式は身内だけ集めて少人数でやって、披露宴はちょっとしたパーティーみたいな感じにしたらいいんじゃない？　一・五次会みたいに会費制にすれば、体調不良とかで突然欠席されてもそこまではダメージないだろうし」

落としどころを考えて提案してくれたのは諭だった。夫のポジティブな提案は、加齢により体形が崩れてくる前に「写真だけの結婚式」でもと考えていたわたしの気分を引き上げた。

会場に選んだのはフレンチレストランで、おいしさに定評があるわりに手軽な値段の料理と、見事な庭園に面した大きな窓のある明るい雰囲気が気に入った。あんまり湿っぽくする気はないけれど、やはり新郎新婦の半生をざっとふりかえるムービーは必要だろうということで、互いの幼少期からの写真をかき集める作業に追われていた。

「デジタルネイティブ世代の子たちはこんな面倒な思いしなくていいんだろうね。うらやましいよね」

ふたりぶんのアイスコーヒーを手にソファーへ戻る。微妙に固まった空気を取り繕うように明るく言うと、諭も呼応するように小さく笑い、ようやくぱたんとアルバムを閉じた。

「まあいくら親友でも、時が流れりゃ疎遠にもなるよね」

「だから親友とかじゃなかったんだってば」

とうとううんざりして声を上げた。基本的に性善説をとって生きている諭は不満そうに口を歪めた。わたしが誰かについてネガティブな発言をすると、いつもこんな顔になる。

「いいけどさ、じゃあ何なのさ。人生の節目にいつも一緒にいた友達なんでしょ。俺にとっての和真(かずま)みたいなもんじゃないのかよ」

「違う違う、全然違う」

自身の親友の名を引き合いに出す夫に苦笑する。そういうんじゃない、彼女とわたしは。

「まあ、強いて言えば――」

「なんだよ」

既存の言葉で、あるのだろうか。彼女とわたしの関係を正確に言い表す言葉は。

「うーん……『毒友』とか？」

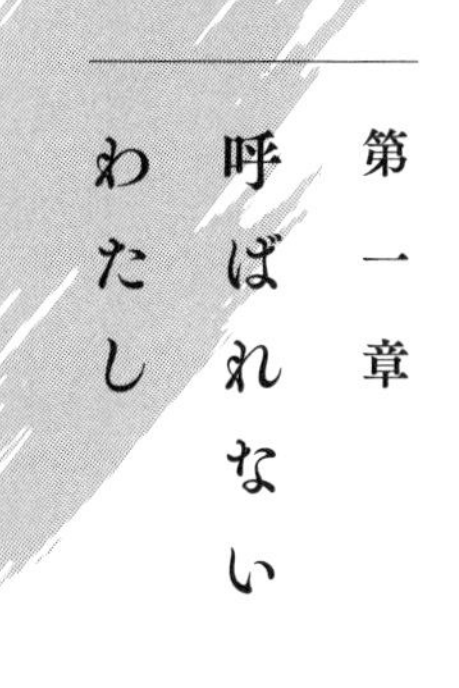

第一章 呼ばれないわたし

頭の中に巨大な水槽がある。その中を、言葉という魚が泳ぎ回っている。ぐるぐる。ぐるぐる。

色も形も大きさもさまざまな魚たちは、水槽の中を気ままに泳ぎ続ける。尾ひれを揺らし、鱗(うろこ)をきらめかせ、時に水面へ上昇しては底へと向かう。

陽に焙(あぶ)られた自転車のハンドルを握り、右足をペダルに、左足を地面につけたまま、わたしは長いこと魚たちの動きに意識を集中していた。れいちゃんが来るまで。

「おはよう」

おもしろみのない住宅街の一角から、ピンクの自転車に乗ったれいちゃんが現れる。ぱちんとモードが切り替わり、脳内の水槽は魚たちごと蒸発するように消えた。

「おはよう、行きますか」

「うん」

わたしが遅れてもひとことも責めないれいちゃんだけど、自分が遅れたときに謝ることもない。そんなことにももう慣れた。

ハンドルをぐいっと国道のほうへ向け、乾いた地面を蹴り上げる。家々が放つ生活のにおいの間を縫うように走ってゆく。

本当は自転車の並走は禁止されているけれど、道幅が狭い場所以外はなんとなく並んで走るのが習慣になっている。それぞれの膝の上で風を含んだスカートが膨らむ。

「今日ってミサだよね。だるいね」

「え、ミサあったっけ」

「そうだよ。学園関係者追悼ミサ」

「だるいねー」

さほどだるくもなさそうにれいちゃんは言う。れいちゃんの言葉は、いつも質量が小さいように感じられる。特定の話題や状況以外では。

この町は視界のどこかに必ず山が見える。その稜線の上の空は、鰯雲(いわしぐも)でびっしりと覆われている。

秋の空が、わたしはいちばん好きだ。雲が意志を持ったように主張して、空に表情が生まれる。迫力があるのにどこか儚くて、美しいのになぜかどうしようもなく淋しくて。

その魅力について、隣を走るれいちゃんに伝えようか少し迷い、結局いつもやめてしまう。以前、毎朝通る跨川橋(こせんきょう)の下の川面のきらめきについて無邪気に語ったら、「でもこの川、くさいよね」と返ってきたときの気持ちを思いだしてしまったから。

「あれ全部読んだよ」

信号待ちで、れいちゃんが言う。先週わたしが貸した少女漫画のことだ。

「あ、もう読んだ？　どうだった？」

「おもしろかった」

「そっか、よかった」

「学校着いたら返すね」

　秋の光が、絹のように細いれいちゃんの髪をきらめかせる。ほっそりとした腕や脚が制服を纏(まと)った姿は可憐で、肩幅が広くずどんと背の高い自分と同じ高校生だなんて不思議な気持ちだ。人形みたいな子だな。見慣れた幼なじみの姿に、あらためてそんな感想を抱く。

「なんかさ」

「うん」

「吉田(よしだ)先輩ってキャラが出てくるじゃん」

「……うん」

　前を向いて自転車を漕いでいるので、れいちゃんの顔は見えない。けれど、声の調子でわかった。れいちゃんが誰かを貶(おとし)めようとしているのが。自分の背筋がぴりっと緊張する。

「そばかすがめちゃくちゃ多いとこがさあ」

「うん」

「尾崎(おざき)さんにちょっと似てない？」

――やっぱりな。

「ええ、そうかなあ」

肯定も否定もしない。それがわたしなりの無難な処世術のつもりだ。曖昧に笑って流す、ただそれだけ。

けれど、ときどきうまくいかない。

「似てるよお、顎がすごい尖ってるとことか」

わたしの反応が鈍いことを気に留める様子もなくれいちゃんは続ける。こういう話のときだけ、彼女はとてもいきいきする。

そして、彼女の毒は時にわたしを気持ちよくさせてしまう。自分の心の闇に光をあてられると、人間はとっさに笑ってしまうものなのかもしれない。思わず漏れた小さな笑いをれいちゃんが勝手に解釈し満足している気配が、隣から伝わってきた。けっして同意したわけじゃないのに。

何が悲しくてこんな気持ちのいい秋の朝に他人の容姿を貶めなければならないのだろう。そんな気持ちと、れいちゃんとテンポのよい会話を楽しむ心地よさが、けっして混ざり合わないまま胸の中をぐるぐる回る。たとえ後ろ暗さのあるものだって、心の領域を共有してくれること自体が、わたしはきっと嬉しいのだ。

れいちゃんの小さな膝頭の上でスカートの裾がはためき、陽だまりが生き物のように揺れ動いている。先週の衣替えで冬服に切り替わったばかりの制服が、秋の光をたくわえて鈍く輝く。

　ほとんど黒に近い紺色のジャンパースカートに同色のジャケット、白い丸襟ブラウス。去年は臙脂色だったリボンタイは、二年生の今は水色だ。辛子色になる来年度は、れいちゃんとはクラスが変わっているはずだ。国際コースのクラスを除き一学年九クラスもある中で、今年はたまたま同じクラスになったけれど、三年生は進路や成績によってクラス分けされるから。

　わたしは大学進学予定だし、彼女はおそらく就職組だから。

　——それにしたって、まさか同じ制服を着て一緒の高校に通うことになるなんて思わなかったな。

　自分の後頭部で揺れるへたくそなポニーテールの重みを感じながら、もう何度目かわからない感慨を抱く。

　本当に、思わなかったな。

「寿美子さん、前髪切った？」

　隣を走るれいちゃんの小さな顔がこちらに向けられる。

逆光で、その表情はよく見えなかった。褒められているわけではないことだけがわかった。

「集めまーす」

白いプラスチックのかごを胸元に抱えた小松先生が声をかけると、ああ……という言葉にならない低い声が小さなどよめきとなって生まれ、消えた。毎朝変わらない光景。

「電源は切ってありますねー」

誰も返事はしないが、切り忘れる愚か者はいない。

授業中に着信音やメール受信音を鳴らした生徒は、説教部屋に一時間押しこめられたうえに反省文を書かされる。二度鳴らしたら、没収だ。没収されたあとどうなるのかは知らない。

半年ほど前、化学基礎の授業中にうっかり「ルパン三世のテーマ」を教室に響かせてしまった佐藤さんが、放課後泣き腫らした目で説教部屋から出てきたことは記憶に新しい。

教壇に向かって右から一列目と二列目の机の間を、小松先生は各々にかごを差し出しながらゆったりと歩く。まるで人質でも渡すように、わたしたちはかごの中へ携帯電話やPHSを入れる。放課後の会まで手元に戻ってこないその電子機器を厳かに持ち去る先生の背中に、恨めしい視線を送ってしまう。

学校で過ごす時間のほとんどを金庫の中に閉じこめられる携帯電話。いったいなんのために「携帯」しているのだろう。家族や親戚から重要な連絡が来たとしても、放課後まで確認することができないなんて。

三列目と四列目の間を回収して歩いた小松先生は、ずっしりと重くなったであろうかごをロッカーの上に置き、空のかごに持ち替える。五列目と六列目の間を歩いてすべて集め終えると、ロッカーの端に鎮座する大きな金庫の内側にしまって鍵をかける。

学級委員にやらせてもいいような作業なのに先生自ら行うのは、一年のときから変わらない。

この学校はとにかく校則が厳しい。

制服は絶対に改造できないようになっているし、通学鞄、ローファー、コート、靴下は学校指定のものと決まっている。肩についた髪の毛は結ばなければならない。お菓子の持ちこみは禁止。化粧も禁止。制服姿での寄り道は、図書館以外は禁止。買い食いも禁止。アルバイトも原則禁止だが、家庭の経済事情によるものなどやむを得ない場合のみ、申請を出して許可をもらえばＯＫらしい。

わたしの志望していた県名を冠した高校は、私服での登校が可能なことで有名だ。制服もあるにはあるが、始業式や修了式など行事の日のみ着用すればよいらしい。

中学校の同級生だったはっちゃんを登校時に見かけるたび、わたしの胸はちくちく痛む。いつも成績を競い合っていたはっちゃんは、肩甲骨(けんこうこつ)を覆い隠す長い髪を風になびかせ、カジュアルなワンピースやジーパンで自転車を漕いでいる。ジーパン！　ああ、本当に世界が違う。彼氏もいるらしい。田舎だから、なんだって噂になる。

悔しさも劣等感も不自由さささえもばねにして、一年のときは学年上位の成績をキープしていた。けれど、もともと文系科目に比べると得意とは言えなかった理数科目の難易度が上がるとやや苦戦するようになり、二年生になると試験の総合成績の順位は一桁に入ることのほうが稀になってきた。

成績順位が可視化されるようになった中一の頃からずっと自分を縛ってきた緊張の縄がぷつりと切れて解かれたような、そんな安堵を覚えているのは事実だった。わたしはもう、凡人でいいのだ。成績優秀者というアイデンティティにしがみつかなくても生きてゆけるのだ。

――でも。

これ以上は絶対に成績を落とさない。落とせない。指定校推薦を狙っているから。

いずれこの閉塞的な町を出て、東京の大学へ進学する。それはいつからか自分の胸に小さくともったろうそくの炎のような決意だった。環境さえ変われば冴えない自分の人生が細胞ごと生まれ変われるとか、そんな単純な話ではないだろうけれど。

「沢田さん」

つんつんと背中を突かれてふりむくと、後ろの席の尾崎さんが小さく折り畳まれたメモ用紙を無言で手渡してきた。「すみちゃんに回してね」と書かれている。

首をねじると、二列隣の後方の席で麻紀が小さく手を振るのが視界に入った。

朝一で携帯電話を取り上げられてしまうことの反動もあってか、メモの回覧は授業中もホームルーム中も活発に行われる。そのへんを先生たちはどう思っているのだろう。教卓から見えていないはずはない。

『前髪切ったでしょ！　さっぱりして良い感じだね～

今度遊びに来たとき、すみちゃんに似合いそうなヘアアレンジ教えてあげるね♡』

胸の前でメモを開くと、麻紀のころころした文字が目に飛びこんでくる。親指を立てた女の子（おそらく麻紀自身）の絵が描き添えられている。麻紀は絵が上手い。

小松先生が携帯電話の回収を終えると、ちょうどミサの予鈴が鳴り響いた。聖堂へ向かうため一斉に席を立つ。すかさずわたしに身を寄せてくる麻紀に、「ヘアアレンジ、よろしくね」と笑いかける。

こんなふうにすぐに話せるタイミングでわざわざメモを回す意味は薄いのだけれど、それがいいのだ。意味のないことにこそ人生の意味があるって、誰かの曲の歌詞にもあった。

「はい、いちいち私語しないっ」

自分たちの母親よりずっと若く、まだ少女のような雰囲気の残る小松先生の言葉は、あまり効力がない。仲のよい者同士笑いさざめきながらなだれこむように廊下へ出る。いくつもの支流が本流に流れこむように、他のクラスからも続々と生徒があふれだしては昇降口へ向かう通路を渋滞させる。

厳しい校則もシスターの教えも、移動中の女子高生の口を塞ぐことはできない。

麻紀と並んで歩きつつ視線を感じて首を回すと、背の低いれいちゃんの視線とぶつかった。彼女と並んで歩く温香(はるか)も同時にこちらを見ていた。

わたしたちを追い抜きざま、「ねっ?」というれいちゃんの声と、嘲(あざけ)るような温香の笑い声が聞こえた気がした。

思わず前髪を片手で覆う。昨夜、伸びかけた前髪が気になって、自分で工作ばさみで切ったのだ。

失敗したことはわかってる。わかってるから、直接はっきり言ってくれればいいのに。

シャンプーに制汗スプレー、体臭と混じり合った香水。女子のにおいでむせかえるような通路を歩みながら、ぶくぶくと湧きあがってくる気持ちを飲みくだす。

気のせいだと思いたい。毎朝一緒に通学し、幼なじみでもクラスメイトでもあるれいちゃんが、毒をふりまくばかりの人間であるはずはないと信じないことには、この日々をやっていられない。

窓から差しこむ秋の陽光が、わたしたちをまだら模様に染めている。


自転車で約二十分というのが通学時間として長いのか短いのか、全国平均値的なところはわからない。ただ、ペダルを漕ぐ脚はとても疲れる。膝の裏やふくらはぎに疲労の分子が蓄積されてゆくような気がする。

住宅街を抜けて跨川橋を渡り、駅方面に向かって国道沿いにしばらく走る。また一般道に入ってしばらく行くとばーんと開けた土地があって、そこにわたしたちの通う高校は建っている。

聖永（せいえい）女子短期大学付属高校。県内唯一のミッションスクールだ。シスターがいて、宗教の授業があり、朝の祈りとかミサとか聖霊降臨祭とか、それらしい習慣や行事がある。以前は中高一貫校でもあったのだけれど、少子化の影響か、数年前に中等部が廃止になってしまった。

受験のとき、聖永はれいちゃんにとっては本命校で、わたしにとっては併願校だった。それはまぎれもない事実だ。

れいちゃんはもともと、成績で上位に入ってくるようなタイプではなかった。けれど家庭内で方針転換でもあったのか、中三の終わりから塾に行き始めて、彼女は変わった。

ぐんぐん成績が伸びたれいちゃんは、受験直前に志望校を変更した。偏差値ランクを上げて聖永を目指すことになったと、朝の通学路で好きな人でも打ち明けるように教えてくれた。

対して入学時から一貫して成績の安定していたわたしは、県内トップの進学校が安全圏に入っていた。いわゆる滑り止めとして聖永を受験してはいたものの、よほど特別なことがなければ第一志望に合格するだろうと教師からも太鼓判（たいこばん）を押されていた。

実際、自分でもそう思っていた。容姿にも人格にも自信がなく、流行りものにも詳しくない。加えて運動も苦手な自分にとって、成績のよさだけが中学校生活を生き延びるよすがだったから。

けれど、「よほど特別なこと」は起こってしまった。

思いがけずインフルエンザに罹患したことが、運命を狂わせた。公立高校の受験日当日、体温計は39・1℃を指していた。受験会場どころか洗面所へたどり着くことすら困難なほど全身が痛み、経験したことのない悪寒に襲われ、朦朧とする意識の中で慟哭した。

あの朝の無念さを、わたしはきっと一生忘れられない。指の間から砂がこぼれるように希望が逃げてゆく、あの感覚を。

「聖永受けといてよかったじゃない、救われたね。これも神のお導きなのよ。またれいちゃんと一緒に通えばいいし」

母がかけてきた言葉に、あまり慰められた気はしなかった。むしろ冷たく重たい石を飲みこんだような気分になった。わたしとれいちゃんが実際にどのくらい親密なのかを確認することもなく、一緒に通学させれば防犯にもなってよいだろうという親たちの雑な思惑に反発を覚えた。

首都圏に比べたら少ないことは明白なのだろうけれど、ここ東北の地方都市でも、女子中高生が何らかの性被害に遭う事件は時折発生する。

数年前、この辺りで女子高生が数日にわたり民家に軟禁される事件が起こった。それは全国ニュースで報道され、この地域の人々を震撼させ、防犯意識が一気に高まった。親として心配なのはわからなくもない。ふたりセットで動けば危険度が減るだろうと見こむのも、ごく自然な発想だろう。

雨や雪の日にはれいちゃんのお母さんの冴子さんが車で送ってくれる。電車を利用できるほど最寄駅から近くはないし、バスを利用するにも結局駅まで行って乗り換えというややこしいことになるため、その手段を失うわけにはいかないという側面もある（運転なら姉もできるけれど、「あたしは晴天ドライバーなの」と言って悪天候時は頑なに運転しないし、そもそも朝は遅くまで寝ているので通学時はちっともあてにできない）。

何より、わたしとれいちゃんは幼なじみだ。

わたしたちの家は、もともと近所にあった。住宅街の中の、道路を挟んで斜向かいという位置関係だった。れいちゃんがまだわたしのことを「すみちゃん」と呼んでいた頃のこと。

白っぽい戸建ての住宅が多い中、れいちゃんの家の壁はチョコレートみたいな色の煉瓦で、ちょっとお洒落でうらやましかった。わたしの家は無個性な建売住宅だから。

近所には他にも歳の近い子どもたちが住んでいて、放課後にはいつもなんとなく集まって遊んだ。わたしの姉やれいちゃんの弟、わたしよりひとつ年上の双子の姉妹、年下の男女の兄妹。それぞれの家庭で夕食が調うまで、わたしたちは時を忘れて無邪気に時間を共有し続けた。

鬼ごっこにかくれんぼ、缶蹴りに大縄跳び。夏にはみんなでひまわりの種をむしって食べ、冬には雪遊びをした。みんな同じくらい日焼けして、同じくらい虫に刺され、同じくらい転んで擦り傷や痣を作った。

何のおもしろみもない住宅街だけれど、ちょっとした公園やちょっとした畑があり、遊ぶ場所には困らなかった。それに、田舎の子どもは遊びを創りだす天才だ。誰かが考えた遊びを即採用し、ルールにアレンジを加えながら発展させる。泥や雪はもちろん、石や木の棒や枯れ葉、落とし物の手袋やレジ袋さえ遊び道具になった。

小学五年生のとき、れいちゃん一家は学区の端っこの町に引っ越した。そしてれいちゃんは名字が変わった。わたしはそのことを本人からでなく、教室で、担任の先生の言葉によって知った。

「藤原怜子(ふじわられいこ)さんは、おうちのご都合で畠山(はたけやま)怜子さんになりました。みんな早く慣れましょうね」

朝の会の最後にさらりと通達し、他には何も言及せず言及させずに終わらせた当時の担任は、今思えばかなりスマートだったのだろう。

不思議なもので、離れてからのほうがれいちゃんとの距離が近くなった気がする。

引っ越したと言っても自転車で七分か八分ほどの距離に、母子が身を寄せた家はあった。れいちゃんの祖父母の住む、昔ながらの大きな家だった。突然同居人が増えても特に不都合はなかったらしく、れいちゃんも弟のトモくんも自室を与えられていた。

わたしが自分に対するれいちゃんの感情に疑問を持つようになる頃には、双方の親はわたしたちを親友だと思いこんでいた。実際、会う頻度は他の誰よりも高かったのだから無理もない。

その頃にはもう放課後に近所で集まる習慣は自然消滅しかかっていて、わたしの通っていたピアノ教室やれいちゃんの通っていたそろばん教室のない日は、どちらかの家で遊んだり勉強したりすることが多かった。携帯電話を持つ前までは、交換日記を何冊も消費する日々だった。

初めて親の同行なしに映画館へ行ったのは、れいちゃんとだった。中学二年生のときだ。母がどこからか手に入れた恐竜映画の前売り券を大事に持って、一緒にバスに乗った。鑑賞後は駅ビルに入っていた喫茶店で一緒に軽食をとった。わたしがピザトーストで、れいちゃんがチョコトースト。生クリームが食べられないれいちゃんは、トーストの上に絞られた生クリームをスプーンですくってわたしの皿に載せた。そんなことまで覚えている。

れいちゃん本人からは、両親の離婚について話すのを聞いたことはない。ただのひとこともない。

離婚から数か月後に、れいちゃんのお父さんが自宅で命を絶ったことについても。

天井に、何かぼわっとしたものが貼りついている。

埃じゃない。かすかに動いている。

蜘蛛だ。

体が線だけでできているようなひょろひょろした蜘蛛が、天井の隅を移動している。けっして小さくはないサイズだ。

「うわっ、蜘蛛」

「どこどこっ」

すぐさま姉の尖った声がかぶさる。

持っていた箸で指差すと、姉はうじゃあ、というような声を上げ、椅子を蹴るようにして立ち上がった。疾風のごとく寝室のほうへ飛んでゆく。

わたしもなんとなく腰を浮かせて待っていると、姉は「柄の先に粘着テープのコロコロがついたやつ」を手に駆け戻ってきた。この道具の正式名称をわたしは知らない。「柄の先に粘着テープのコロコロがついたやつ」でしかない。

「早く、早く」

「わかってるって」

食卓に蜘蛛がぽろりと落ちてきたら一大事だ。それに、母に見つかったら面倒くさいことになる。

姉は粘着テープに爪を立てて汚れた面を剝がし、びりりと切り取ると、床掃除をするときとは上下を反対向きにして柄を握りしめた。

父の席だった椅子に乗って立ちあがると、粘着部分を蜘蛛のほうへ近づけてゆく。

「ちょっと、美代子(みよこ)さん」

ダイニングに母の声が響き渡った。姉はびくりと動きを止めた。

「もしかして蜘蛛？」

「あー、うん」

「だめっ」

台所から運んできたサラダボウルを食卓にどんと置き、母は肩をいからせて怒鳴った。

「朝の蜘蛛は殺すなって言ってるでしょっ」

——出たよ。

椅子に乗ったままの姉と顔を見合わせる。

台所の奥に戻り、シンクの下あたりから取り出したポリ手袋をはめて戻ってきた母は、姉を押しのけるようにして椅子の上に立った。ほっ、というかけ声とともに、まだ天井の隅をほよほよと歩いていた蜘蛛をつかまえた。

がらがらがら。レースカーテンの内側に置いてあったアフリカスミレの鉢をどかして庭に面したガラス戸を開くと、土と草のにおいが流れこんできた。母が丹精しているささやかな庭が現れる。

吹きこんできた秋風と交換するように、母は蜘蛛をつかんだ手を開いた。

「どうぞお帰りください」

その妙に厳かな声音がおかしくて、わたしと姉は笑いをこらえてうつむいた。サラダボウルの中のレタスの葉が、風に吹かれてわずかにそよいだ。

家の中に現れた虫は殺すな。それは母の入信している新興宗教の教えのひとつだ。特に午前中は、夜の間に空へ帰り損ねた神々の化身である可能性があるから、絶対に殺してはならないとされているらしい。

高丘宝天神示教会、というのがその宗教の正式名称だ。

奉祭神は高丘宝天命とかいう神様で、母いわく八百万の神の代表的存在(?)であるらしい。

教会を設立したのは神の「直使」である千倫斎という男性で、神の啓示を受けた人として全国の信者に崇められている。

生まれつき病弱だった千倫斎は、二十五歳のとき原因不明の難病になり、医師から余命わずかと宣告された。ところがある晩神の声を聞き、目が醒めると病が治っていたという。

そんなエピソードを、もう百回は母に聞かされた。

母を見ているかぎり、どうやら厳しい戒律（かいりつ）があるわけではなく、朝夕二回神棚の前で祈りを捧げる以外に信者の生活に縛りはないようだ。これは日本の新興宗教としては比較的ゆるいものであるらしい。

二年前のちょうど今頃、我が家に波乱の波が吹き荒れた。

父方の祖母と母方の祖父が、ほぼ同時期に立て続けに亡くなった。

父の異動が決まり、四国へ単身赴任することになった。

仙台の大学に行っていた姉が、突然退学して戻ってきた。

そして、わたしの全身に赤い発疹（ほっしん）ができた。

これは何か、運命の糸のようなものが細くなっているのではないかと危惧（きぐ）した母は、どこからか高丘宝天命の話を聞き、すがる思いで入信した。

まさか、宗教というものがピアノのレッスンみたいに既定のお金を払うだけで簡単に出入りできるものだなんて。中学生だったわたしは衝撃を受けた。

母の入信後、わたしの全身の発疹は嘘のようにすーっと引いた。それは皮膚科で処方された薬を服用したからに決まっているのだが、母に言わせれば「神のご利益」ということになるらしい。

　でも、わたしは第一志望の高校に落ちた。そのことは母の中でどうやって整合性をつけているのだろう。

　友達には言うべきでないと本能的にわかっていた。だから誰にも言ったことはない。れいちゃん以外には。

　非常に不本意なかたちで、れいちゃんは我が家の状況を知ることとなった。あの時間を思いだすたび、わたしは気道がぐっと狭くなったような苦しさを覚える。

　高校受験直前のことだった。互いの家を行き来して一緒に勉強する習慣が、その頃のわたしとれいちゃんにはあった。

　わたしの部屋で教材を広げて一緒に勉強していたら、部屋に小さな蜘蛛が出た。黒くて動きの速い蜘蛛だった。ちょうどそのタイミングで、母がおやつを運んできてしまったのだ。

　わたしたちの視線をたどって床を這う蜘蛛を見つけた母は、広げてあった参考書をすばやく手に取って縦に丸め、掬い取るように蜘蛛を乗せて窓の外へ逃がした。例のごとく、作ったような声音で「どうぞお帰りください」を言いながら。母がとっさに使ったその英語の参考書は、れいちゃんのものだった。

それぞれの理由で凍りついているわたしたちを前に、母は無神経極まりないひとことを放った。

「れいちゃんちもさ、お父さんがいないとこういうとき不便でしょ。うちもお父さん単身赴任になっちゃったからね、わかるのよ」

れいちゃんの顔を、わたしは直視できなかった。母の言葉はさらに続いた。

「心の拠り所がほしくなったらいつでも言ってね。『信仰こそ人の善き道、仕合せの道』って千倫斎先生も言ってるから。よかったらいつでも資料渡すからね、冴子さんにもよろしくね」

れいちゃんは感情の抜け落ちたような顔をこちらに向けた。

母がドアを閉めて出ていったあとの部屋の空気は、かつて感じたことのない重さでわたしにのしかかった。時間を数分前に巻き戻せたら。せんなきことを思って心は千々に乱れた。

れいちゃんが怒りや不快感をはっきりと示してくれれば、まだ救われたはずだ。母の代理で謝罪して、自分の立ち位置を明確にできる。

けれど、れいちゃんは笑った。ぞくりとするほど不穏な笑みを見せたのだ。

どちらかと言えば薄い顔立ちのれいちゃんが口角をぎゅっと引き上げると、一気に魔女のような顔になる。魔女を見たことはないけれど。

「あの……ごめん、誰にも言わないで」

結局わたしが喉から絞り出したのは、弱々しいそのひとことだった。それがわたしにとって都合の悪い事実だということが明白になってしまった。

たとえ口止めしたところで、れいちゃんなら気が向けばいつだって周囲にばらすだろう。本人が他人に知られたくない事柄ならなおさら、彼女にとってご馳走になる。れいちゃんは、そういう子だ。

わたしはもう、れいちゃんの前で心からリラックスすることができない。子どもの頃のように無邪気に笑えない。

でも、こんなにも長い歳月を彼女ほど自分と深く関わってきた人はいない。それもまた事実なのだった。


奥の空間に向かって扉を押しこむと、いつものようにメリメリッという感触がした。

菅原（すがわら）さんと成田（なりた）さんがもう来ていて、背中を丸めて一心不乱に冊子を読みこんでいる。

挨拶を交わしながら、部室の隅の古い作業台の上に既に置かれているふたつの鞄に、自分のものをそっと並べる。マスコットをぶらさげることもシールを貼ることも許されない通学鞄は、それぞれの傷み具合の微妙な違いで持ち主を判別するほかない。

おそらく一度も開けられたことのない固く閉めきられた雨戸があるせいで、この部室は照明をつけていてもどこか薄暗い。ここにいると、誰かの内臓の中に入りこんだかのような気分になる。

机の中央には二リットル入りペットボトルの烏龍茶と蜂蜜レモン、コカ・コーラがでんと置かれている。なぜだか部活動においては、活動経費の一部で自由に飲食物を買うことが許されている。運動部がスポーツドリンクを買うぶんに相当する経費が文化部にも等しく認められているようだ。活動時間内に調達し活動時間内に消費することが義務付けられているけれど、残ったら捨てるより持ち帰ったほうがずっとエコなのに、といつもいつも考えてしまう。

「ごめーん、遅くなったっ」

デートに遅れた恋人のような台詞を放ちながら部長の富樫（とがし）先輩が入ってきて、文芸部員四人が揃った。

「聖母会の臨時会議が入っちゃって。あ、買い出しありがとうねえ」

「富樫さんまじで多忙すぎですよね」

「わたしも来たばっかりだから大丈夫ですよ」

炭酸が大好きな富樫先輩のために用意されたコーラを、紙コップにとぽとぽ注いで空いている席に置いた。

今日は合評会の日だ。季刊誌が刷り上がったあと、それぞれの作品について二日に分けて評論し合う。

三年生の富樫先輩、二年の菅原さんとわたし、一年の成田さん。我が文芸部はたった四人の部員で活動している。

部活動をテーマにした漫画なんかでたまに見るような「部員を五人集めないと廃部！」といったルールは、聖永には存在しない。だから部活の種類はわりあい豊富なのだけれど、さすがにひとりやふたりでは部としての存続が難しく、マイナーなジャンルの文化部などは淘汰されてゆく運命にある。昨年度は存在していた映画部や囲碁・将棋部が、今年度は姿を消している。

文芸部の活動のメインは、部員の作品を収録した季刊誌『海鳴り』を発行することだ。各メンバーが文芸作品を執筆し、六月・十月・二月と年に三回刊行できるよう制作する。

数年前までは年四回、文字どおり季節ごとに出していたそうで、先輩たちのスタミナには頭が下がる。今のメンバーは最低限やるべきことをやったらあとはひたすらまったり過ごすのが好きで、その空気感はわたしにとっても非常に居心地がよい。

寄稿するのはひとり三作品まで。ジャンルは問わない。皆それぞれに得意ジャンルが異なるから、小説、詩歌、評論、エッセイと毎号適度にバラエティのある一冊が生まれる。新刊も既刊も毎年十一月に開催される文化祭でブースを出して手売りするので、刷りたてほやほやで発行部数も多い十月号はどうしても気合が入り、ページ数が多くなりがちだ。

ここでは皆それぞれが、頭の中にたくさんの魚が泳ぎ回る巨大な水槽を持っている。直接確認したことはないけれど、言葉や物語で頭をいっぱいにしている人の顔は、わたしにはなんとなくわかる気がする。

「えーっと、今回の司会って」

「私でーす」

富樫先輩の確認に、菅原さんが肘を曲げたまま小さく挙手をする。一緒のクラスになったことはないし、プライベートな交流はないけれど、菅原さんの気取りのない人柄はわたしを安心させる。

でも、菅原さんの批評は、容赦がない。

「いささか表現が淡すぎる」だの、「特殊なモチーフに寄りかかりすぎている」だの、「自分が言葉を豊かに使いこなせる人間であるということを小説で証明しようという気概が透けて見えすぎる」だのとばっさり斬られて息も絶え絶えになる。わたしはそこまで鋭い批評用語を持ち合わせていない。

今日の生贄(いけにえ)、もとい被批評者は、富樫先輩と成田さん。来週はわたしと菅原さん。二週にわたって合評会は行われる。

富樫先輩の作品は、いつも詩だ。今回も三篇の詩を寄稿している。

脱衣所

わたしは私をどこで脱げばよいのでしょう
発光する素肌に熟した風が触れて
今にも種子が目覚めてしまいそうです
夏がぼわぼわと輪郭を溶かして
ただ偶然にこの世界に投げ出された我が身を
天の縫い目から迎えに降りてくる使者よ
その見えざる影に脅えながら
今日も私の脱衣所を探している

「柔軟なイマジネーションが提示する世界、読みごたえがありますよね」

批評の冒頭に口火を切ったのはやっぱり菅原さんだった。キレのよい口調で場の空気を支配する。

「メタファーは比較的わかりやすいです。性愛についてなんですよね。処女喪失の直前の心境を比喩（ひゆ）に託して詠（うた）ったのでしょう」

わたしは内心ぎょっとするけれど、誰も顔色ひとつ変えない。

「あー、やっぱりその読みが妥当ですかねえ。そうなると『発光する素肌』『熟した風』『種子が目覚めてしまいそう』とかはだいぶ生々しい表現ってことになってきますね。でも、だとすると『脱衣所』っていうワードは逆に直接的すぎませんか？」

「そこが意図的なズラしなんですよ」

「あ、あの」

成田さんと菅原さんのやりとりになんとか口を挟んだ。

「『私をどこで脱げばよいのでしょう』、つまり脱ぎたい自分があるっていうのはシンプルに、今の自分を脱却して精神的な成熟を目指しているっていう意味だとわたしは読みました。肉体的な行為とかじゃなくて……」

うーん。菅原さんが低く唸る。

「違い、ます、かね……」

うーん。

菅原さんも成田さんも処女喪失説で確定したいようだ。

ふふふ。みんなの発言を書き留めながら富樫先輩は目を細める。頬にできる笑窪（えくぼ）が先輩を実際よりも幼く見せる。

評されているあいだ、基本的に作者は何も言わないのが暗黙のルールだ。「作品は作者の手を離れたら読者のもの」という認識をわたしたちは共有し、貫いている。

「『天の縫い目から迎えに降りてくる使者』っていうのは性的快楽を指していると思うんですよ」

菅原さんが性の話に引き戻してしまう。

こんなデリケートなテーマで侃々諤々（かんかんがくがく）しているのは、客観的に見たらさぞかしおかしな光景だろう。

ここにいる全員、おそらく、恋人すらいないのだから。

じじっ。

車道の騒音に紛れて小さな振動音が聞こえたのは、気のせいではなかった。国道の交差点の入り口で、ちょうど信号が赤になったところだった。れいちゃんが自転車の前かごから鞄を引っぱりあげ、ファスナーを開いてピンクの携帯電話を取り出す。

メールでも届いたらしい。画面を見つめうつむくれいちゃんの横顔を、絹のように艶めく髪の毛が隠す。自転車にまたがったまま携帯電話を操作するれいちゃんは、わたしにはひどく器用な人に見える。

「温香さんだった」

ぱちんと軽快な音をたてて携帯を折り畳み、れいちゃんは笑顔を見せる。その笑みの種類が不穏なものに感じられて、でもその正体がつかめず、ガスのようなもやもやがわたしの胸に広がる。

月の最後の土曜日は部活動禁止デーになっている。それで、文芸部のわたしがテニス部のれいちゃんと一緒に帰ることになる。

もっと仲のいい温香と一緒に帰ればいいのにと、正直思う。けれど、こういう日の温香はテニス部の子たちに合わせてわざわざ遠回りして帰るらしい。どうしてれいちゃんがそこに交ざらないのか、わたしからはなんとなく訊けないでいる。

一斉帰宅の日は、黒に近い紺色の制服を着たわたしたちは上空から見たら巣穴から湧きだした蟻のように見えるだろう。

聖永は登下校中の買い食いも禁じているから、みんな自宅を目指して方々へ散ってゆく。デートの予定のある子や街へ買い物に行く子は、とにかくいったん帰宅して着替えて出直さなければならないので大急ぎだ。

わたしは彼氏もいなければ寄り道もしない。帰宅して母の作った昼御飯を食べるのだ。悲しいほど健全な高校生活。菅原さんの言う「性的快楽」など遠い星の話に思える。

「寿美子さんのことだったよ」

「え?」

「寿美子さんがさ……や、なんでもない」

ちょうど信号が青になり、れいちゃんはペダルに足を乗せる。そのメールの内容を教えてくれることなく走りだす。

なんだろう、なんだかものすごく嫌な感じだ。わたしが何をしたのだろう。奥歯をぎゅっと噛みながら、れいちゃんを追うかたちで自転車をスタートさせる。

本当はわかっている。れいちゃんと温香はいつも誰かを——きっと主にわたしをうっすらとばかにしている。さらには、そのことを隠しもせずに含みのある言葉を投げ、反応を見て楽しんでいる。

確かな証拠があるわけではないから、非難することもできない。たとえ証拠があったとしても、わたしの性格上そんな勇気など持てないだろう。そのあたりもすべて見通されている気がして、もやもやは大きくなってゆく。友情にもぐりこんだ悪意を、きれいに取り除けたらいいのに。

「なんかさ、真奈さんっていたじゃん」

しばらく無言で走ったあと、話題が切り替わる。またこちらを向いて微笑むれいちゃんの頬に柔らかな髪がひとすじ張りついて、すぐに離れる。

高校入学以降、いつもぎりぎり肩につかない長さに整えられているれいちゃんの髪は、毛先がふわりと内側を向いている。毎朝どうやってセットしているのか、なんとなく尋ねられずにいる。

「え、うん」

「なんか出会い系サイトやってたのが学校にバレて退学になったらしいよ」

え、と喉から無防備な声が漏れた。

「温香さんに聞いたんだ」

佐々木真奈は小中学校時代の同級生だ。比較的家が近いこともあって三人で下校したり遊んだりしたし、誕生日会に呼び合ったりもした。高校が分かれて疎遠になったけれど、懐かしい名前と感じるほどでもない。

真奈さんと、出会い系サイト。単語のイメージがまったく結びつかないことに純粋に驚きつつも、またそうやって他人を消費するれいちゃんにわたしは引いている。小さくて愛らしい容姿で他人のゴシップを節操なく披露する彼女の姿が痛々しくて、ときどき直視できない。

両親が離婚し、名字が変わり、父親が自殺した。れいちゃんは、そんな過去を持っているような人にはまったく見えない。極端な悲しみも喜びも得たことがなく、平坦な人生を無感動に生きているようにしか見えない。他人を見下すことだけをガソリンにして。

それをおかしいと感じているわたしこそがおかしいのかもしれない。つらい過去を持つ人間はそれらしくしろと、わたし自身が無意識に思っているのかもしれない。「それらしいふるまい」を彼女に期待しているのかもしれない。思考がループに入ってゆく。

秋の風がそれぞれの頬を撫でてゆく。お揃いの制服を着て自転車で並走するわたしたちは、道行く人には仲良しのふたりに見えるだろうか。クラスにいればそれぞれ互いにもっと仲のいい相手がいるのに、つくづく変な関係だ。

「今日ねえ、あれ持ってきたんだ」

わたしのお気に入りの川にかかる跨川橋を渡りながら、れいちゃんがまた口を開く。そのことで、自分がいつもより寡黙になっていることに気づかされた。

「あれって？」

「あれでーす」

跨川橋の中央でれいちゃんは自転車を停めた。わたしもそれに倣う。淡い期待が胸に芽生えている。

れいちゃんが通学鞄に手を突っこむと、がさっという音がした。期待と予想を裏切らない、激しい赤が目に飛びこんでくる。

スプーンの先ほどの大きさの、楕円形の飴がぎっしり入った袋。人工的な赤い色からは想像がつかないほどジューシーな苺の味がする。見ただけで、はしたないくらい唾液腺が刺激されるのを感じた。

これを初めてれいちゃんにもらったときのことを、克明に覚えている。

——これね、びっくりするほどおいしいんだ。

中学校の帰り道、こんなふうに部活のない土曜日の昼だった。未舗装の通学路の途中で立ち止まり、周囲の視線がないかを確認するれいちゃんは、今より髪が長かった。お母さんがどこかから買ってきてたのを戸棚から持ってきたの、と共犯めいた笑いを浮かべながら差し出してくれた。おいしい。ね、おいしいでしょ。盛り上がったとき、無垢な子どもの頃に戻った気がした。

そっけない透明の袋に詰められただけの、個包装されていない飴。それが思いのほか本格的においしいことにどこかおかしさを感じ、共有しようとしてくれた彼女の意図は充分に伝わった。わたしの反応に彼女も満足したらしく、以来、時折こんなふうにこっそり持ってきてくれる。

もやもやを彼方に押し流して、自転車ごと体をれいちゃんのほうに傾け、あのときと同じように両手を揃えて差し出す。小さく袋を揺すりながらわたしの手のひらに落としてくれた真っ赤な飴を、飲みこむように口に入れた。甘酸っぱい味がぶわっと口内に広がり、ほんのひとときこの世の些事をすべて忘れそうになる。本物の苺より本物のような、現実を誇張したような味。

「苺だね」

「めっちゃ苺だよね」

れいちゃんも自分の分を口に入れて笑う。小さな小さな秘密の味。

またペダルに体重をかけて踏みこむ。飴が歯の内側にあたってカランと涼しい音を立てる。口に入れたときはざらっとしていた舌触りは、舐めているうちに表面が溶けてつるつるになり、やがて小さくなってゆく。

こんなふうにしていると、れいちゃんがわたしに見せてきた部分なんて本当の彼女じゃないという錯覚を抱いてしまう。学校への菓子類の持ちこみは禁止なのに、危険を冒して家から持参したのは、こうしてわたしを喜ばせるためなのだと考えてしまう。

どうしていつもこんなふうでいられないんだろう。ささやかなスリルや楽しみを分け合う、ごく普通の友達でいられないんだろう。れいちゃんのこういうところ、好きなのにな。

違和感を覚えるたびに、まだれいちゃんに絶望したくないと思っている自分に気づく。だって、少なくとも彼女はこんなにもおいしい飴を気前よくくれる人なのだ。

舌の上で飴を溶かしながらペダルを漕ぎ続ける。もったりとした青空の下、遠くにおもしろみのない住宅街が見えてくる。

「あそこ寄っちゃおうか」

同じ飴を口に入れているとき、自分のれいちゃんに対する親愛の情は何割増しかになる気がする。それで、そんな誘いの言葉がするりと出てきたりする。わたしたちの小さな小さな秘密は、ひとつではない。

「寄っちゃおうか」

れいちゃんのテンションも上がっているのが声のトーンでわかる。

そこでわたしたちは、跨川橋を下りきったあと、直進すべき道でハンドルを左に向ける。川沿いに延びる未舗装の細い道はゆるい下り坂になっていて、自転車は加速する。真昼の川面がきらきらと輝き、白い水鳥が数羽一緒に飛び立つのが見える。タイヤがぴしぴしと小石をはじき、川を渡る風の湿り気が頬に気持ちいい。口の中の苺飴がまた歯にあたってカランという。もはやどちらの口の中で鳴ったのかわからない。

ねえ、れいちゃん。

並走する友人に、心の中だけで呼びかける。

れいちゃんがくさいと言ったこの川だけど、わたしはやっぱり好きだよ。心の透明度が増す気がするんだよ。れいちゃんと一緒にこの道を走るのが好きだよ。

左手に川を見ながらしばらく走り、木立を抜けた先に、ひと昔前にタイムスリップしたような古民家の集まったエリアがある。その一角に目的地はある。

わたしたちは徐々に自転車の速度を落とし、一軒の家の前で静かに停まる。わたしは小さくなった苺飴を奥歯で噛みくだいた。

黒い瓦がところどころ欠落している三角屋根。今にも一枚ぽろりと落ちてきそうな危うさがある。絶対に葺き替えたほうがいいと思われるのだけれど、何度訪れてもそのままだ。長年風雨にさらされ、あちこち腐食して変色していた漆喰の壁には「猪俣（いのまた）」と彫られた表札が取りつけられている。玄関ドアの脇の分厚いすりガラスの窓には亀裂が入っており、内側からガムテープで無造作に補修されている。

自転車を降り、家の壁に沿って進むと、ほとんど手入れのされていない庭が広がっている。草と土のにおいが鼻をつく。庭の入り口を塞ぐようにして、ナンバープレートの外されたねずみ色のワゴン車が停まっている。いったいいつから廃車にしてあるのかわからない、年式の古い車だ。

その車の奥に回りこむと、家の縁側につけるようにして、大きめの段ボール箱くらいの犬小屋がある。縁側と犬小屋の周辺だけは土が露出し、踏み均(なら)されていた。

家に負けないくらいぼろぼろの、ベニヤ板で作られたその簡素な犬小屋から、鉄砲玉のように勢いよく小さな塊が飛び出してくる。キャンキャンキャンキャン、歓迎の鳴き声が響き渡る。わたしたちの足音やにおいでわかったのだろう。

「ムク！　来たよお」

わたしより先にれいちゃんが呼びかけた。

しゃがみこんで腕を伸ばすと、ムクはわたしたちに向かって文字どおり飛びこんできた。れいちゃんの膝に両前脚を乗せ、さかんに尾を振りたてる。その背中に手を伸ばすと今度はこちらを向き、小さな舌を高速で出し入れしながらその湿った鼻先を押しつけてくる。獣のにおいがする。

「ムク、ムク」

かわいい。言葉にならないいとおしさがあふれてくる。脳の中の水槽の魚たちも役に立たない。

奪い合うようにして子犬を抱き、膝の上でそのほうじ茶色の体を撫でまわす。もふもふとした毛に指を潜りこませると、自分より高い体温を伝えてくるその皮膚の内側で、心臓がどくどくいっているのがダイレクトに感じ取れる。

わたしはペットを飼わせてもらったことがない。幼少期、夏祭りの金魚すくいですくってきた金魚を数日で死なせてしまって以来、母の信用が得られない。金魚というのが自分の汚した水で死んでしまう実にシンプルな生き物であるとわかっていたら持ち帰らなかったのに、とあの悔しさを時折取り出しては反芻（はんすう）してしまう。

庭に面した縁側の大きな障子戸ががらりと開いた。他人の家の生活のにおいが鼻腔（びこう）に流れこんでくる。キャウン！　キャウン！　ムクがひときわ大きな声で鳴き始める。これが人間ならば、ほとんど絶叫なのだろうと思う。

「来たが」

おばあさんはしわがれた声で言った。総白髪で顔には渓谷のように深い皺が刻まれているけれど、腰はしゃんとしているしその声にはハリがある。いつもと同じ白いスモッグのようなうわっぱりを着こみ、片手に皿を持っている。

「あの、はい、お邪魔してます」

「お邪魔してます」

「ちょうどムクさ御飯やるどごだったんだ」

縁の下に置かれていたゴムサンダルに足先を通して庭に下りてくるおばあさんに、ムクは勢いよく飛びついた。地面に置かれた皿に鼻先を突っこみ、わたしたちの存在を忘れたかのように貪り食べている。

汁気が多いらしく、ムクが咀嚼（そしゃく）するぴちゃぴちゃという音が乾いた空気の中に響く。ドッグフードではなく、人間の残飯のようだ。

わたしがこの家を初めて訪れたのは、今年の梅雨の終わり頃だった。それより少し早く、部活帰りのれいちゃんが温香と一緒にこの家と、まだ手のひらに乗りそうなほど小さかったムクを見つけたのだ。温香の家へは、たしかにこのエリアを突っ切っていくのが近道だ。

そのとき、ムクはちょうどこの庭から出て家の正面のほうにいたらしい。そのあまりのかわいさに興奮したふたりは、飼い主であるおばあさんの許可を得てムクを撫でまわし、定期的に通うことを誓った。ムクが少しずつ成長して大きくなるにつれ飽きて通わなくなったというのが、いかにも温香らしいと思う。ひとりで来る勇気のないれいちゃんに、わたしは声をかけられたのだった。だから正確に言えば、この秘密はれいちゃんとわたしだけのものではない。

ひとり暮らしなのだろうか、家の中はおばあさんの他に人の気配はない。だとするとあのねずみ色の車は誰のものなのだろう。あまりあからさまに観察しないようにしながらも、勝手な想像は膨らんでゆく。脳内の水槽で魚たちが泳ぎ始めそうになる。

「あんだだちも食べで行げ、ほれ」

いつのまにか家の中に戻っていたおばあさんが、縁側にお盆を置く。内側が朱く塗られた、昔ながらの大きな円いお盆だ。カツサンドの盛りつけられた皿と麦茶のグラス、それにおしぼりがふたつずつ載せられていて、わたしは急に空腹を意識する。御礼を述べながら遠慮がちに縁側に腰かける。れいちゃんは無言でわたしに倣う。

旺盛に食事をするムクと荒れ放題の庭を見ながら、サンドイッチに歯をたてる。端っこがぱさついているし、カツも揚げたてじゃないことはわかるけれど、自分の家とは異なる味つけや油の染みたパンが無性においしく感じられる。

こうして食事をいただくのは初めてではなかった。前回は昆布の入ったおむすび（「おにぎり」よりもそう呼ぶほうが似つかわしいと思えるたたずまいだった）、その前はコンビーフのサンドイッチだった。家族のための食事の残りなのか、わたしたちのためにわざわざ用意してくれているのかはわからない。サンドイッチもおむすびもほんのりと温かく、具材の味付けが濃いめだ。

校則で買い食いが禁止なのは承知だけれど、こういうのはどうなんだろう。確かめられないまま——正確に言えば確かめる方法を思いつかないふりをして、わたしたちは縁側で御馳走になる。

最初のときは反射的に遠慮してみせたのだけれど、空っぽだったわたしのお腹が漫画みたいにぐうと鳴った。今日と同じように土曜の昼だった。

「成長期だべ、食べで行げ」とおばあさんに言われたとおり、サンドイッチをいただいて帰宅したわたしは母の用意していた昼御飯をぺろりと完食した。中高生の胃袋というのは異次元につながっているのではないかと思うときがある。

わたしほどではないけれどやはり成長期らしい胃袋を持つれいちゃんも、小さな口にサンドイッチを運んでいる。時折いたずらっぽく笑いながら、こちらをちらちらと見る。目が合うたび、自分の顔にも平和な笑みが浮かぶ。学校指定のコートの膝に、白いパン屑がはらはらと舞い落ちる。

「この庭って、果物の種とか埋めたら芽、出ますか?」

れいちゃんが脚をぶらぶらさせながらおばあさんに話しかけている。

「果物げ?」

「はい。林檎とかみかんとか葡萄とか」

「そういうのは、やったことねえな。果物の種っつーのはよ、とり蒔きが基本なんだ」

「とり蒔き?」

「種子が乾いたらだめってごどだ。いったん種が乾くと長い休眠に入っでしまってよ、発芽まで何年もかがるがら」

やったことないと言うわりにおばあさんは詳しかった。

そうだ。あのチョコレート色の家にも、小さな庭があった。冴子さんが剝いてくれた林檎やオレンジの種を、れいちゃんの発案で一緒に埋めたことがある。小学生だった。芽など出なかったけれど、というより発芽を確かめるどころではない事件が起きてれいちゃんたちは引っ越してしまったわけだけれど。

そうか、あの思い出を再現したいのか。れいちゃんの胸の中にも小さな頃の日々がちゃんと残っていることが確信できて、ふいにむせかえるような嬉しさがこみあげた。

ここへ来るたび、不思議な時間が流れる。れいちゃんの人間らしさがいちばん垣間見える時間でもある。

何の違和感もしがらみもない、純粋な友情でつながれた友達であるように思えてくる。このひとときが本物であることを、自分は心の奥底で願っているような気がする。

「文化祭が近いせいか、気が緩んでいる人が多いと思います」

教壇に立った尾崎さんの声が響き渡ると、教室全体がとぷりと沼に沈んだような気がした。

水曜日の六時間目は全学年全コース、ホームルームに割り当てられている。主にクラス内での課題を挙げ、その解決のために意見を出し合うといった、どこか小学生の学級会じみた時間を過ごす。

授業を受けなくていいのは楽だけれど、あまり愉快でないものを見せられることもあるから気が抜けない。

そもそも、クラスの課題を積極的に挙げる人などいない。尾崎さん以外には。

学級委員長の尾崎さんは、聖母会という部活に所属している。校外で奉仕活動を行う部活で、リハビリ施設で掃除などの雑用を請け負ったり、系列の教会や幼稚園のバザーを手伝ったりしているらしい。聖母会と耳にするだけで心清らかなイメージが心に浮かぶけれど、「暇で垢抜けない人の集団」と陰口を叩かれているのも事実で、そのことを思うたび少し胸が痛む。

「先週の整容検査で引っかかった人が八人もいました」

凛と響く尾崎さんの言葉に、わたしの前に座る大高さんが肩をびくりとさせた。

大高さんはたいてい、肩よりわずかに長い髪の毛を下ろしたままにしている。あまりにも微妙なラインだから普段先生に指摘されることはないようだけれど、本人には自覚があるらしく、整容検査のたびに慌てて結ぼうとして「ヘアゴム持ってる?」とみんなにたずね回る姿が見られる。大高さんのうなじがとても白くて美しいことを、真後ろの席のわたしは知っている。

けれど、大高さんを含むバレー部の集団に帰りのバス停で横入りされてバスを一本見送ることになった経験から、わたしは彼女が苦手だった。本人はきっとそんなこと覚えてもいないに違いない。

「わたしたちひとりひとりが、聖永のイメージを担っています。誰かひとりでも」

んんんんっ。

尾崎さんはいったん言葉を切り、喉を整えるように鳴らした。

あ、と思った。だめだよ、そんな特徴的な行動をしちゃ。

でもきっともう遅い。温香とれいちゃんが視線を合わせている気配を、背中でびりびりと感じた。胸の奥が冷えてゆく。

「――ひとりでも規律を乱すようなことをすると、聖永全体のイメージが下がります。

二年H組のイメージが悪くなります。そのことをひとりひとりが自覚する必要があると思います」

まるで原稿を読み上げているかのようなテンプレートな文章を放つ尾崎さんの、その全身から愛校心がにじみ出ている。

すごいな、と思う。

人生のうちの三年間身を置くだけの場所をどうしたらそんなに熱心に愛せるのか、わたしにはわからない。目をつけられたら面倒だから積極的に校則を破ったりはしないけれど、逸脱する人をたしなめようなどという気持ちやエネルギーはどこからも湧いてこない。

教室はしばらく静まり返っていた。もしかしたら猪俣さんのお宅に寄り道していることがばれているだろうか。そう思い至って冷や汗の流れる心地がしたけれど、教壇に立つ尾崎さんとは目が合わない。

「はーい」

声がしたほうに視線が集まる。教室の後方で佐藤さんが手を挙げている。

派手なグループの代表格で大高さんとも仲のいい佐藤さんは、当てられるのも待たず、ルーズな姿勢で着席したまま発言した。

「校則ってー、どうして必要なんですかね」

突然ざっくりとした問いを投げられて、尾崎さんは呆けたような顔になった。

「……どうしてって、いや、だって守るべきものだから」

「どうして存在するのかって尾崎さんは考えたことありますかー？」

椅子の背に体を預け、両脚を机の外側に投げ出したまま発言する佐藤さんは、教壇にいる尾崎さんよりも優位に立っているように見えた。

突然始まったはらはらするようなやりとりに、クラスの空気が雄弁になる。誰かと誰かの衝突は、退屈に倦んだ女子高生にとって恰好のエンタメだ。

小松先生は教室の後ろの隅、ちょうどみんなの携帯電話が詰まった金庫に寄りかかるような形で立ち、成り行きを見守っている。その態度はどこか他人事のように見え、わたしは説明のつかないもやもやを覚える。たしかに風紀の乱れは生徒ひとりひとりの問題だけれど、本来なら担任が声をかけるべきことまで尾崎さんに負わせてしまっているようにも思えるから。

「えっと、だってほら、集団にはある程度の規律規範がないと、秩序が崩れてしまうから。規律を乱す人がいると、学業にも影響するし……」

「本当にそうですかね」

「え」

「たとえば、あたしは隣の席の人が金髪だろうと、別に自分の学業には影響しないと思う。このクラスの誰かがめっちゃ長髪だろうが、派手なメイクをしていようが、鞄にお菓子が入っていようが、普通に勉強できます」

教室は水を打ったように静かになった。一拍置いて、ううん、と低く唸るような同意の声があちこちから漏れた。

「校則を破ったら本当に別の誰かに悪影響があるのか、一度調べてみるといいと思いまーす」

それだけ言うと、佐藤さんは机に伏せてしまった。

教壇の上で唇を震わせている尾崎さんの、その顔は真っ赤だ。もともと少し赤ら顔気味なのが、熟れきったトマトのようになっている。

「えーっと、えっと、それはわたしたち教員が考えるべきことかもね。うん、いい意見が出ました」

微妙な空気をまとめるように言いながら、小松先生がゆっくりと教壇に向かって歩いてくる。

「尾崎さんありがとう、席戻っていいよ。佐藤さんもありがとう。ちゃんと体起こして」

尾崎さんは教壇を下り、ぎくしゃくと手足を動かして、わたしの後ろの席に戻ってゆく。

「ちょっと早いけど、今日はもう携帯を返却しちゃいましょう。ね」

誰に対するものなのか不明な「ね」を投げて、小松先生はわずかに体を傾けた。教卓の下あたりでチャリッという金属音がして、次の瞬間には先生の手の中に鍵があった。

――えっ？

金庫の鍵って、まさかそんな場所にあるの？

わたし以外に衝撃を覚えた者はいないのか、静かなままの教室を縦断して、小松先生は先ほど立っていたロッカーの前へ進んでゆく。意識がおかしなほうに引っぱられて、わたしは気持ちを落ち着かせるのに苦労した。

通路側の列から順に立って携帯を取りに行く。手元で電源を入れる短い電子音が教室のあちこちで鳴る。わたしのもとにもシルバーグレーの端末が戻ってくる。すっかり手になじんだその硬質な塊のひんやりとした感覚が心地いい。余った時間で、文化祭の細かい係や当日の動きについてが決められてゆく。

とんとんと背中をつつかれてふりむくと、まだ赤い顔をした尾崎さんから小さな包みが手渡された。麻紀からかと思ったら、れいちゃんの小さな字で「寿美子さんへ」と書かれている。白いメモ用紙を器用に折って作られた手のひらサイズの包みには一センチに満たない程度の厚みがあり、中で何かがころころと動く気配がした。ビーズにしては大きく、石にしては軽い何か。

斜め後ろのれいちゃんの席に視線を送ると、口角を上げてこちらを見るれいちゃんと一瞬目が合い、すぐに逸らされた。誰からも注目されていないことを確認しながら、手の中でそっと包みを開く。あっと声が出そうになった。真っ赤な苺飴が転がり出てきたのだ。

慌てて手元を机の中に隠す。いったいいつのタイミングでこんなものを用意したのだろう。教室は携帯の返却でざわつき、れいちゃんはもうこちらを見ていない。紙の内側にはおまけのような文章が書きつけられている。

『小松先生ゆるすぎだよね！　あと尾崎さん顔赤すぎ！』

その文面で、今この時間の中でれいちゃんが包みをこしらえたことがわかった。その大胆さに頭がくらくらする。いや、たしかにおいしくて大好きなのだけれど、でも今は困る。

尾崎さんについての言葉を尾崎さん自身の手で回覧させるなんてあまりにもグロテスクで、自覚してやっているのならとんでもない人間性だと思う。しかも、風紀がどうのという話の直後にこんなものを。

ああもう、この苺飴をどうしよう。わたしを困らせたいのか喜ばせたいのか、れいちゃんの意図がわからない。机の空洞の中で、飴を包むようにしながら紙を雑に畳み直す。飴も文章も、間違っても尾崎さんの目に入れてはいけない。こめかみに冷や汗がにじむ。苺のにおいが教室中に拡散し、空気が赤く染まってゆくイメージにとらわれる。どうか誰も気づかないで。お願い。お願い。マリア様でも高丘宝天命でもない何かにひたすら祈る。

胃の痛くなる時間が過ぎて、ようやくチャイムが響き渡る。尾崎さんのかける号令に合わせて起立しながら、安堵に胸を撫でおろした。実行委員に決まったメンバーが教室の中央に集まり、さっそくわいわい言い合っている。その中には麻紀の姿もある。れいちゃんが温香と連れだってテニス部へ向かうのを視野の隅で確認し、机の奥の暗がりに押しこんだ包みを手早く取り出して鞄にしまいこむ。

ようやく不安から解放されると、れいちゃんはれいちゃんだな、というよくわからない思いがわたしを包んだ。秘密を共有する相手として自分を選んでくれた。そんなほのかな嬉しさが困惑を相殺する。

だって、わたしはずっと選ばれない人間だったから。

ページをめくる音と、ポテトチップスを齧るぱりっという音だけが聞こえる。

その静寂を麻紀の叫びが打ち破った。

「あ――――っ！」

寝転んでいた床から弾みをつけて立ち上がった麻紀は、その勢いのままベッドに倒れこんだ。

「どうすんの、どうなんのこれ！　おもしろすぎるでしょうちょっとこれっ、ああ、もう」

先にれいちゃんに貸した少女漫画の感想を、麻紀は感情豊かに表現する。そんなあたりまえの反応がわたしの心を潤してゆく。さっきまでヘアアレンジを試すのに使っていたブラシやヘアゴムが床に散らばっている。

ねえ、なんか最近クラスの空気微妙じゃない？

そう問いかけてみたかったけれど、小学校からの友人である麻紀との親密な時間にふさわしくない話題のような気がしてためらう。

私立高校としては県内で二番か三番の偏差値であるらしい聖永には、全県から幅広く入学者が集まる。麻紀やれいちゃんの他にも、同じ中学から入った者が学年全体で十数名いる。クラスでれいちゃんとべったりの温香もそうだ。

聖永に入学が決まったとき、麻紀の存在だけが救いだった。もっとも、彼女も第一志望の公立に落ちたゆえの進学であり、手放しで喜び合えることではなかったけれど。

「なんか連載やりたくなっちゃったなあ、昔みたいに」

「やりたいねえ。やろうか」

麻紀のお母さんが用意してくれたおしぼりで指先の油を拭いながら、熱っぽく同意した。少女小説に少女漫画、ときには少年漫画。あらゆるものを貸し借りし合ううち、自分たちも描いてみないかという話になったのは中二のときだ。

わたしが物語を、麻紀が作画を担当し、ふたりでノートに鉛筆で漫画作品を描いた。王道の少女漫画からちょっとしたファンタジー要素を取り入れたもの、昔流行った大ヒット作のオマージュ。ネタノートに書き溜めたアイディアを、麻紀と顔を突き合わせて意見を交わしながらブラッシュアップした。

本格的な画材を揃えるほどお金も技術もなくて、いわゆる自由帳の真っ白なページに麻紀が定規で線を引いてコマ割りし、鉛筆で絵柄を入れてゆく。吹き出しの台詞や余白のモノローグはわたしが書きこんだ。

そうやってたくさんの作品が生まれた。いったい何冊のノートを消費したことだろう。できあがった部分までを同級生に回覧して読んでもらうスタイルを「連載」と呼んでいた。続きをせがんでくれる熱心な読者になってくれた子は多く、れいちゃんもそのひとりだった。

今思えばまさに中二病と呼ばれても仕方のない承認欲求の発露ではあったかもしれないけれど、あのときの無敵に楽しい感覚はまだ、心の奥でひそかに燃え続けている。

あんなに絵の上手い麻紀なのに、高校では美術部ではなくソフトボール部を選んだことを、わたしはひそかに惜しいと思っている。思春期のうちに基礎体力をつけておけと父親に言われたらしい。

「受験勉強が本格的になったあたりでやめちゃったんだよねえ」

「そうだったねー。あのノートってさ、半分ずつ分け合ったじゃん？　すみちゃんまだ持ってたりする？」

「持ってるに決まってるじゃん！　捨てるわけないよ」

「あたしも。ってか、この引き出しに入ってるけど読みます？」

「ぎゃー！　それはちょっと心の準備が！」

ぴろりん。

電子音が小さく響いた。わたしの設定してある受信メロディーではない。

「メールだっ」

麻紀は弾かれたようにベッドから身を起こして床に飛び降りると、白い端末に飛びついた。

誰からかとたずねるまでもなく、「宮越(みやこし)さんだあ」と嬉しそうな声を上げて画面をかちかちとスクロールし始める。突然、自分という存在が麻紀の隣からふっつりと消えたような気がした。

　部活で練習試合をした他校の女子のひとりと仲良くなり、メル友というやつになったのだと聞いている。

　生活の中に携帯電話というツールが入りこんできてからというもの、ときどきこんなふうにかすかな虚無感に襲われることがある。目の前にいる自分ではなく、ここにはいない誰かの存在に意識を向けられることの、淋しさや居心地の悪さが混じり合ったような、微妙な気持ち。

　携帯電話を持ってしまった以上、連載漫画のノートが復活する可能性はかぎりなく低いのだろう。わかっていたはずなのに胸の奥がきしみ、さっきまでの昂ぶりが波のように引いてゆく。

「うそー、宮越さん文化祭遊びに来てくれるって！」

　麻紀の好きなミュージシャンのポスターが貼られた壁に囲まれて、麻紀の用意してくれたお菓子を寝転んでばりばり食べ、麻紀と交換した少女漫画を読んでいるというのに、なんだかふたりきりという気がしない。宮越さんとやらがここにいるような気がしてくる。

「すみちゃんにも会わせるね！　プレーもかっこいいけどめっちゃおしゃれな子なの」

「ああ、うん、ぜひ」

ジーパンの裾から伸びる麻紀の足首を見つめながら虚ろな返事をする。ポテトチップスのかけらを指先に貼りつけるようにして集め、口に押しこんだ。

開いたままの漫画のページの中で、制服姿のヒロインが胸の前で折れそうに細い指を組み合わせ、親友と同じ相手を好きになってしまったことを嘆いている。その姿は祈りにも懺悔にも見えた。

「ねえ、付き合うとしたらどんな人がいい」

返信を打ちこんだらしい麻紀が携帯をぱちんと閉じるのを見計らって声をかけた。

「えっ、うーん」

麻紀は眉根を寄せ、顎に手をあてた。〝こっちの世界〟に戻ってきてくれた気がしてほっとする。

「付き合うなら、かー」

いつからか、年に一度は交わすやりとり。お互いその都度真剣に悩んで最新バージョンの答えを出す。けれど、今は真剣に答えを知りたいわけではなかった。宮越某(なにがし)ではなく、目の前のわたしと対話してほしいだけだ。

「うーんとねー」

再び床に寝転んだ麻紀は、ポテトチップスの袋に手を伸ばして「ないっ」と笑い、開封していなかったポッキーの箱を手に取った。わたしは体を起こしてジャグから麦茶を注ぐ。

親友と床の上で食べるおやつほどおいしいものがこの世にあるだろうか。

学校では結んでいる髪の毛をここぞとばかりにほどいて好きな服を着て、放恣な姿でくつろぐ時間は宝石のようだ。だからこそ、メールひとつでわたしたちの世界に入ってくる第三者を疎ましく感じてしまう。きっとわたしが狭量なせいなのだろうけれど、どうしても気持ちがかさかさしてくる。

「……ベッカムかなあ」

回答など期待していなかったのに、麻紀はポッキーを齧りながら律儀に答えをよこした。

「えー！　たっぷり悩んでそれかよ」

「悪いかよ」

子どものように笑い転げながら麻紀のクッションをつかんで互いの肩をはたき合う。四辺にコットンレースのフリルが縫いつけられたピンクのクッション。わたしの部屋にはこんなラブリーなアイテムは存在しない。れいちゃんのピンクの携帯電話がちらりと頭をよぎる。あ、だめだ。自分も今ここにいない人を脳内に召喚するところだった。

「サッカーうまい人がいいってこと？」

あのホームルームのあと帰宅したら鞄の中が人工的な苺のにおいで充ちていたことや、

その飴をメモ用紙でそのまま包んで捨てたことが、思考の中に割りこんでくる。目の前の麻紀とデイヴィッド・ベッカムに意識を戻そうとしたら、不自然に早口になった。

「いや、単純に顔がいいから。目元の甘い感じとか、あと全体的な彫りの深さとか」

「そりゃあイギリス人だからねえ」

今年の五月末から六月いっぱいかけて開催されたワールドカップの期間中、たしかに麻紀は熱狂していた。修学旅行先でも、奈良や京都の寺院を回りながら大会テーマソングをふんふんと口ずさんでいた。麻紀が多方面に寄せる大雑把な興味はたいてい一過性のものなので、好みの異性のタイプに選手個人を挙げるほど熱が残っているとは思わなかった。

「麻紀の描く男の子って昔から彫りが深かったもんねえ」

とにかく好きな相手が麻紀とかぶって悩むことはなさそうだ。それ以前に、女子校に進学してしまった以上、悲しいくらい恋愛と縁がない。男性と接する機会など、買い物へ出かけたときくらいだ。

「やっぱ共学行きたかったとか思うことある？」

ポッキーをぽくぽくと齧りながら逆にたずねられて、富樫先輩の「脱衣所」の詩が脳裏をよぎった。「発光する素肌」。「熟した風」。

「うーんどうだろ、たまに思うかな」

「どんなとき？」

「えぇー」

因数分解するかのように重ねて問われて、

「小説書いてて、どうしても恋愛要素のリアリティが出ないときとか」

「ああ、文芸部の？」

「そうそう」

無難な返事をしながら、れいちゃんの顔が頭に浮かんでいた。温香と腕を組んで嘲りの目でこちらを見ていた、あの表情が。

もしもクラスに男子がいる環境だったら、彼女はあんなふうにあからさまに心のダークな部分を露呈したりするだろうか。異性の存在が抑止力になったりはしないだろうか。

そんなふうに考える根拠を求めて自分の心理を深掘りしてゆくとよくわからなくなった。

ポッキーを三本まとめてつかんで口につっこむと、また麻紀にクッションではたかれた。

窓から差しこむ西日で、宙を舞う無数の埃がきらきら光って見えた。

日が落ちきる前に麻紀の家を辞する。麻紀は自転車で途中まで送ってくれた。

我が家から見て、麻紀の家は母校である小学校を挟んでほぼ反対側にあり、子どもの足なら三十分近くかかる。小学校時代まではよく麻紀のお母さんが車で送迎してくれたけれど、最近はパートを始めて忙しいらしい。

最近、クラスの雰囲気がよくないよねって、言えなかったな。犬の散歩をする白髪頭の男性を追い抜きながら思う。

授業中に尾崎さんが発言したとき、くすくす笑いが起こることがある。それらは主に佐藤さんや大高さんによるもので、それはみんなもわかっているのに、先生含めて誰もたしなめる人がいないのだ。

昔からある個人経営の呉服店や文具店、れいちゃんが昔通っていたなんとか速算会というそろばん教室の前を通り過ぎ、小学校のグラウンドの脇を走る。もうじき暗くなるというのに校庭で遊ぶ児童たちの姿が見えた。その無垢な声やボールを蹴る音が、乾いた空気の中にこだましている。きっと明るい未来が来ることを一ミリも疑っていないであろう子どもたち。

――勝って嬉しい花いちもんめ。

――負けて悔しい花いちもんめ。

ふと、幼い声が耳に蘇った。

――あの子がほしい。

――あの子じゃわからん。

あっ。

だめだ、と本能が告げている。

思いだしてはいけない。これは、古傷が痛むやつだ。

しかし記憶の扉は勝手に開き、夕陽の落ちる校庭の記憶が霧のように立ちのぼる。小学校の頃のものだ。れいちゃんが同じクラスだったから、三年生か四年生だ。

クラスのみんなと放課後学校に残ることはそれほど多くなかった。けれど、発言力の高い同級生の女子が気まぐれに声がけすればそんな空気ができあがり、広い校庭に繰りだして飽きるまで遊んだ。

うんていや滑り台やジャングルジムなど遊具のあるスペースは男子に占領されていることがほとんどで、女子が興じるのは何も使わなくてもできる遊びばかりだった。影踏み、かけっこ、だるまさんがころんだ、そして実にさまざまな種類の鬼ごっこ。校庭の広いスペースを活かし、昔ながらのオーソドックスな遊びに大人数で熱中したものだった。

楽しかった。けれど、花いちもんめだけは嫌いだった。

二組に分かれて手をつなぎ、向かい合って、寄せ返す波のようなリズムで前進と後退をしながら決まり文句を繰り返す、あの謎の遊び。

——あの子がほしい。

――あの子じゃわからん。

――この子がほしい。

――この子じゃわからん。

――相談しましょ、そうしましょ。

相手チームの中から誰をもらうかそれぞれ相談し、「決ーまった」と再び向かい合って名指しする。

――〇〇ちゃんがほしい。

――××ちゃんがほしい。

「ほしい」と名指しされたメンバー同士がじゃんけんし、負けた子は勝ったほうのチームに取りこまれて手をつなぐ。引き取られてゆくときの顔がどこか照れくさそうに、あるいは誇らしげに見えたのは、わたしの気のせいだろうか。

メンバーはどんどん入れ替わり、増減を繰り返した末にどちらかのチームの人数がゼロになったら終わりだ。

いったいなんだったんだろう、あの遊び。いったいどこにおもしろさがあるんだろう。そんな疑問を抱くのは、自分がきまって選ばれない人間だったからなのだとわかっている。記憶しているかぎり「寿美子ちゃんがほしい」と名指しされたことは、わたしはほとんどない。まったくない、と言っていいと思う。

自分のチームが三人になり、ふたりになっても呼ばれず、とうとう腕を組む相手がいなくなって初めて「寿美子ちゃんがほしい」と呼ばれる瞬間が訪れる。じゃんけんに負けてチームが変わってもまたすぐに呼び戻されるような人気者もいたのに。

れいちゃんはいつも相手チームにいて、得意げな顔でわたし以外の子を指名するのだった。自分が積極的に人に好かれるタイプの人間じゃないことをうっすらと自覚し始めたのは、あの頃からかもしれない。

それにしたって、と思う。

それにしたって、近所に住む幼なじみで毎日一緒に登下校しているれいちゃんなら、一度くらいわたしの名前を呼んでくれてもよかったのに。

むしろれいちゃんが「相談」タイムで意図的にわたし以外の子を提案していたんじゃないか。次こそは自分の名前が呼ばれるかもしれないという淡い期待を抱いていることを見透かし、それを打ち砕くかのように。

今になってそんな想像までしてしまうわたしは、きっと歪んでいる。

そんなはずない、そんなはずない。呪文を唱えるように繰り返しながらペダルを踏みこむ。せっかく麻紀と遊んだあとなのに校庭を見ただけでこんな記憶を蘇らせてしまうなんて、自分はどうしてこうもひどくつまらない人間なのか。楽しい余韻だけに浸っていればいいものを。

どこかの家で魚を焼くにおいが夕闇の中に漂っている。

「ペダンチックな作品ですね」

菅原さんの第一声はそれだった。

「……ペダンチックってどういう意味だっけ」

基本的に発言権のない作者ながら思わず口の中でつぶやくと、

「衒学的(げんがく)って意味ですよ」

隣に座る成田さんが教えてくれた。ゲンガクテキ? ますますわからない。

後で辞書を引こうと手元のノートにメモしていると、向かいの席から黒くて平べったい端末がスッと差し出された。富樫先輩の電子辞書だ。

「え、ありがとうございます」

小声で御礼を述べながらその液晶画面を見て、一瞬思考が固まる。

〝《形動》(pedantic)《ペダンティック》学問や教養をひけらかすさま。物知りぶったさま。衒学的。〟

先週に引き続いて行われている『海鳴り』の合評会。今回評される対象はわたしと菅原さんの作品だ。わたしの掌編が先に生贄になっている。

今回の小説は、神話をモチーフにしてみたのだ。

これまでは、麻紀に漫画化してもらったような恋愛小説の大人向け版や、転校生に振り回されるお人好しの高校生の話、大好きな祖父を看取った女の子の話なんかを書いてきたのだけれど、部内の受けはいまいちよくなかった。正確に言えば、菅原さんにばっさり斬られて他のメンバーがそのテンションに呑まれたまま終わる、というパターンが多かった。

なので、今回は趣向を変えてみた。

父親の再婚によって、町で有名なヤンキーを兄に持つことになったヒロインの美鈴。絶世の美女である美鈴に、血のつながらない兄はひそかに懸想する。しかし美鈴は兄と敵対関係にある生徒会長に恋をしている。意中の彼はクールでまったく自分になびかないばかりか、侮蔑の言葉を彼女に浴びせる。絶望し激高した美鈴は兄の気を引くためあられもない恰好をして兄をメロメロにし、何か頼みたいことでもあるのかと問われたタイミングをとらえて生徒会長を襲うよう依頼する。けれども兄に「おまえはサロメか。俺はヘロデ王になりたくはねえよ」と諭された美鈴は目が醒め、羞恥と悔恨の涙をほろほろと流す。

「サロメの名前が出てくるのがずいぶん唐突っていうか……」

「うーん、そうですね」

菅原さんの言葉に成田さんも同調する。

「途中まで読んでて、サロメを下敷きにしてるんだなってことはわかるんですけど、なんて言うんだろ、ヤンキーであまり頭良さそうではない……あ、言葉悪いですけど、この兄からサロメやヘロデ王の名前が出てくるっていうのは唐突っていうか、どうもちぐはぐ感が否めないんですよね」

え、その唐突感が読みどころなんじゃん。新約聖書に通じているヤンキーだっているかもしれないじゃん。

炭酸水の泡のように反論は湧きあがってくるけれど、なんとか口を引き結んだ。合評会では作者の立場はとことん弱い。仕方ない、他者視点を内包している人間はいないのだ。

「これやるんだったら、サロメが毒母の傀儡だった設定も入れこまないと中途半端な気がしますよね」

「そうそう、ヘロディアス」

「全体的な荒っぽさがモチーフにつながる通路を見えにくくしているのではないかと思うんですよ」

キレのある評を浴びてぐうの音も出ない。顔が強張っているのを感じながらミルクティーのペットボトルに手を伸ばし、紙コップに注いだ。
「沢田さんの小説って、いつも読み物としてとっても楽しめる仕上がりになってるから
わたしは好きだよ。上質なエンタメだと思う」
富樫先輩が天使に見える。でも、往々にして褒め言葉は手厳しい批評のための助走でも
ある。
「ただ全体的に機知によってやや性急にまとめられた作品が多いんだよね。教養がある
のは伝わってくるんだけど、どこかで抑制を利かせたほうが味わいが一段深くなりそう。
たとえばこの」
先輩は言葉を切ってジンジャーエールをひと口飲んだ。
「――この作品だったら、やっぱりサロメって言葉は封印して、読み手の想像の余地を
残しておくとか」
うんうんうんうん。菅原さんも成田さんも激しく頷く。いたたまれなさに比例して背筋
が丸まってゆく。
難しい。好きなように表現しながら他人からも気に入ってもらえる作品を生みだすのっ
て、なんて難しいんだろう。それなりに自信を持って臨んだことと、手放しで褒められた
いという幼い欲求が自分の中に眠っていることにも気づいてしまい、羞恥がわたしを苛む。

わたしは小説が好きだけれど、小説はわたしのことが好きだろうか。ミルクティーを入れっぱなしにしすぎてふやけ始めている紙コップを指先で包みながら考えた。

合評会を終え、まだだらだらと居残っている部員たちを残して部室を出る。吹奏楽部の金管楽器のパート練習だろうか、ぱわーぱわーという音が重なって二階の音楽室のほうから響いてくる。聴いたことのあるようなないような曲。リズム隊が加わったらわかりそうな気がする。

昇降口に向かおうとしていると、廊下の向こうに小松先生の小さな姿が見えた。廊下を走るのは禁止されているけれど、思わず小走りで駆け寄った。

「せ、先生っ」

「ああ、沢田さんちょうどよかった」

立ち止まり微笑んでくれた小松先生と、そのまま一緒に二階の進路指導室へ移動する。吹奏楽部の奏でる音楽が、階段を上るごとに大きくなる。やはり聴いたことがあるような気がするのに曲名がわからなくて気持ち悪い。

「先生、この曲知ってますか」

上品に刈り上げられた先生のうなじのあたりに声を投げるようにして問いかけると、踊り場でターンしようとしていた先生はぱっとふりむき、すうぇありんじぇん、と言った。

「え、スウェア……」

「ジェイムズ・スウェアリンジェンの『インヴィクタ序曲』。懐かしいなあ。先生も中学校のときね、ブラスバンドやってたの。コルネット吹いてたんだ。意外でしょう」

たたたたんたたたん、演奏に合わせて口ずさみながら太ももを叩き、先生は軽快に階段を上ってゆく。特に意外ではない、と思いながらその背中を追う。

赤本と呼ばれる過去問題集や『螢雪時代』などの受験情報誌がぎっしりと詰まった書棚に挟まれる形で置かれた机で向かい合った。古いブラインドの隙間から赤茶色の光が差し、机に縞々模様を投げかけている。

「ええとね」

小松先生は化粧っ気のない小さな顔をわずかに傾けた。こうして間近で見ると意外にきれいな人なんだな、楚々とした美人というやつか、などとわたしは勝手な感想を抱いた。

「X大ね、枠自体はあるのだけどね」

「はい」

「評定平均4.0以上っていう出願条件があってね」

「はい……」

スカートの膝の上に置いた手がわずかに汗ばむ。小松先生の眉の角度がゆっくりと下がった。

「沢田さんは今のところそれを満たしてるから、おそらく問題はないと思う。ただ、理数は苦手だよね」

「うわぁあ……はい」

先生相手にずいぶんカジュアルな反応をしてしまった気がして、そうなんです、と言い直す。期待でめいっぱい膨らんでいた心がしぼんでゆく。確実なお墨付きがほしかったのだ、「おそらく」などではなくて。それに気づき、頬の内側が苦くなってゆく。

X大は東京の有名私立大学だ。日本文学研究の権威である教授がいて、テレビや新聞で彼を目にするうち、その豊かな日本語や豊富な知識、穏やかな人柄に惹きつけられていった。作家でもある彼の著作でわたしの本棚はぱんぱんである。

模試を受けるたび、志望校のひとつとして必ず書き入れてきた。第一志望はあえて現実味のないハイレベルな大学名を書いたので、X大が事実上の第一志望だった。

先日の進路志望調査で思いきって第一志望欄に書き入れ、それをもとに行われた母を交えての三者面談で、先生にたずねたのだ。指定校推薦の枠があるようなのですが、それを目指すことは可能でしょうか、と。富樫先輩からひそかに教えてもらった情報だった。

「沢田さんならこのまま成績をさらに意識して、一般入試を狙ってもいいと思うのだけど……他の生徒さんとの兼ね合いもあるので、ちょっと調べて後日お伝えしますね」後半は母の顔を見ながら先生はそう答えた。そろそろその返事をもらえる頃合いだと思い、教室で先生に呼びかけるタイミングをはかっていたのだった。

「まずは成績をキープできるように頑張って。ここで気を緩めたりしたら、もし一般入試になったときにも不利になっちゃうから。ね」

一般入試の話など聞きたくなかった。自分はきっと、本番に弱い。保険をかけて何校も受験させてもらえるほどの余裕も、きっと今の両親にはない。先生に優しく肩を叩かれても、いったん期待で膨らんだ胸を落ち着かせるには時間がかかりそうだった。

「あと、授業中に手紙を回すのはほどほどにね」

そう付け足されて、ようやく現実感が目の前に戻ってきた。ぱわーぱわーぱわー。吹奏楽部の演奏がまた意識に入ってくる。

先生、携帯をしまう金庫の鍵をあんなわかりやすいところにかけておいちゃいけないと思います。ふたりで話せたら言おうと思い定めていたけれど、今はとてもそれどころではなかった。

美術室へ行くには渡り廊下を通らなければならない。そこで少し早めに移動する。大きな窓の外の空には分厚い雲が立ちこめていて、その下に広がる校舎やグラウンドは薄い埃をかぶったように見える。

選択授業は美術、音楽、書道の中から各自が年度初めに選ぶ。わたしはどれでもよかったのだけれど、麻紀と一緒に受けたいがために得意なわけでもない美術を選択していた。

昨夜のドラマの感想を言い交わしながら麻紀と歩いていると、ぱたぱたと小走りする上履きの音が近づいてきた。

「待って〜」

来ると思っていた声を、わたしは背中で受け止める。

「ごめん今日、入れて〜」

れいちゃんが髪をふわふわと揺らしながらわたしと麻紀の間に小柄な体を入れてきた。れいちゃんも温香も美術選択だ。ふたりともあまり美術のイメージがないけれど、かと言って音楽も書道も少し違う気がする。

れいちゃんといつも行動をともにしている温香が、今日は体調不良だかなんだかで休んでいる。

ひとりで教室移動をしていると友達がいなそうな印象を持たれるというのは日本人のおかしな強迫観念だと思うのだけれど、おそらくはそんな理由でれいちゃんも温香も、どちらかが休んだときはわたしと麻紀のところへやってくる。

わたしも麻紀が休んだ日はどこか心細い。かと言ってれいちゃんと温香の間に「入れて〜」と入るくらいなら、ひとりで過ごすほうがましだと思う。体育の授業で適当にペアを作れと指示されないことだけを祈るくらいだ。「適当」ほど難しいものはない。

「麻紀さんの髪、今日なんかいい感じだね」

「そう？　ありがとう」

麻紀がその場にいるときのれいちゃんは、いつもと雰囲気が違う。サラッとした癖のない人になって、如才（じょさい）なく話題を提供し、感じよくふるまっている。わたしには事あるごとに見せつけてくる毒を、麻紀の前では引っこめている。

だからわたしは麻紀にれいちゃんについての愚痴を言いづらいのだ。「え？　いい子じゃん。っていうか、すみちゃん幼なじみでしょ？」などと澄んだ目で返されたら、自分の俗悪さを恥じて消えたくなってしまうに違いないから。

選択授業は隣のG組との合同授業になっている。美術室の机はどれも六人が着席できる大きさで、最初の授業でランダムに座った場所がなんとなくそのまま定位置になっている。

わたしと麻紀は教室前方の窓側の席をキープしていて、向かい側にはG組の子が三人並んで座っている。「やっちゃん」「クニちゃん」「シンドウさん」と呼び合っているのは知っているけれど、正確な名前は知らないままだ。

敬称つきのひとりと他のふたりとの間に微妙な心の距離があるように感じられて、わたしは美術の授業のたびにどことなく落ち着かない気分になる。「やっちゃん」と「クニちゃん」は会話のテンポが速く、「シンドウさん」はふたりに追従するような笑いを続けることで自分の居場所をキープしているような節がある。

授業は前回から取り組まされている木炭デッサンだった。東京の美大卒であるという若い女性教師がそれぞれのテーブルの中央にモチーフを置いてゆく。わたしたちの机に置かれたのはセロファンテープカッターだった。

自分の木炭紙をスケッチブックに挟んでやってきたれいちゃんは、空いている席から運んできた椅子を麻紀の隣に置いて腰かけた。前回もそうやって麻紀を挟んで三人並ぶかたちだった。

そこはわたしの隣に座るのが自然じゃないの？　——さすがに言えない。言えないけれど、でもやっぱり不自然だと思う。向かいに座るG組の子たちも、この並びだけ見たら毎朝一緒に登校しているのがれいちゃんとわたしの組み合わせだなんて思わないだろう。

今更こんなことで傷つきはしないはずの心がじわじわと消耗させられるのを自覚して、木炭を持つ指先が冷たくなった。

「せっかく木炭やるなら石膏デッサンがよかった。マルスとかヘルメスとか描きたいよ。美術部に借りれないのかな」

麻紀は普段どおりのトーンで話している。

授業が終わり、三人で教室へ戻る途中、渡り廊下ですれ違いざまに不穏な視線を浴びた気がした。

気のせいかな。そう思った次の瞬間、背後からくすくす笑いが聞こえた。

「ずっと同中同士でくっついてるよね」

「新しい友達できないんじゃね？」

けっして小さくはない、聞こえよがしの声だった。

顔をはっきり見たわけではないけれど、その声と話しかたでわかった。一年生のとき同じクラスだった女子たちだ。いやによく通る声でいつも他人を冷笑するそのグループが、わたしは苦手だった。特定の誰かを憎むというより、目に入ったものを即時こき下ろすことで精神の安定をはかる人たちが、なぜかこの世には存在する。

戯れに向けられた、明確な悪意。ふりむくことができないまま、麻紀とれいちゃんをそっと窺う。ふたりとも何も気づいていないようで、ほっとしつつも複雑な気持ちになる。

自分ばかりが目の細かい網を持ち、見なくてもいいものや聞かなくてもいいものをキャッチしてしまっているような気がして。

「何これ」

食卓の見慣れない料理に、思わず率直な言葉が口をついて出た。

ぱんぱんに膨らんだ楕円のドーム状のアルミホイルが皿の上に載っている。ほかには白飯と味噌汁といぶりがっこしかないから、どうやらこれがメインのおかずということなのだろう。

「鮭のホイル焼きでございます」

姉はつんと顎を上げて厳かに答えた。各席にフォークとナイフを並べ、満足げに席につく。わたしも慌てて自分の椅子を引いた。

「いただきまあす」

「え、どうやって食べるの」

「普通にホイルを切って」

姉の真似をして、ナイフとフォークを使って十字にホイルを切った。

ほわりと小さな湯気がたち、バターとにんにくの香りが広がった。薄切りのレモンや玉ねぎ、エリンギ、角切りのじゃがいもの下から、鮭の紅色が顔を出している。おいしそうじゃない、と母がはしゃいだ声を上げた。

「塩胡椒はしてあるんだけど、お好みで醤油とかポン酢をかけて召し上がれ」

姉は得意げに小鼻を膨らませている。

鮭のホイル焼きは本当においしかった。蒸し焼きにされた鮭の身は箸の先で軟らかく裂け、焼いて食べるのとは全然違う食感だった。バターと塩とレモンが溶け合った汁にポン酢を垂らすとさらに風味が引き立ち、わたしはつい御飯をお代わりした。

姉は最近料理に凝りだした。母に代わって夕食作りを担当することが増え、こんな食べ慣れない料理が食卓に並ぶこともある。無職であることの後ろめたさを取り繕うような彼女の頑張りに、正直なところわたしはどんな感想を持っていいのかわからずにいる。

二十一歳の姉は、本来なら今頃大学三年生になっているはずだった。でも一昨年、進学した仙台の四年制大学を突然自主退学して戻ってきた。入学してたった半年で。「ちょっと、疲れた」というのがその理由だった。

家族の中で母だけは詳しい事情を聞いているらしいけれど、わたしには「なんかいろいろあったらしいよ」としか教えてくれない。「とにかくほっといてあげて」と。

そのよそよそしさはわたしを小さく傷つけ、疎外感を覚えさせる。昔からなんでも言い合える姉妹だったはずなのに。

けれど、ふと考える。この状況、うまくすれば小説の題材にならないだろうかと。『海鳴り』の次号の〆切は年が明けてすぐだ。十月号が出たばかりとは言え、うかうかしていられる状況でもない。二月号に寄稿する作品はまだノーアイディアで、一文字もストックがない。

脳内の水槽で魚たちが活発に泳ぎ回り始める。

たとえば、こんな。主人公の女子高生には美人の姉がいる。わけあって片や田舎、片や都会と離れて暮らしてきたが、姉が帰郷し久しぶりに共に暮らすことになる。都会に疲れたという姉の疲れを癒そうと努める主人公だったが、そこに一通の手紙が届く。その美しい筆跡の持ち主は、どうやら姉を傷つけた青年らしい。やがて田舎を訪ねてきたその青年に、主人公は思いがけず惹かれてしまう——。

うん、これならペダンチックなどとは評されるまい。姉はその青年との子を堕胎(だたい)していた、なんてどうかな。目の前の姉のイメージとは180度違うけど。わたしはしばらくイメージの中で遊んだ。

「お父さん、年末帰ってくるってよ」

食器を片づけながら母が言い、現実に引き戻される。お父さんというその単語だけで、父の体臭と男性用整髪料の入り混じった独特のにおいが蘇った。

「へえー」

「ああ……そうなんだ」

　姉とわたしの淡泊な反応に、母は「もっとありがたがりなさいよ」と物足りなそうだ。

　父が出向しているのは愛媛県松山市で、単身赴任になってからそろそろ二年経つ。

　子どもの頃はそれなりにかわいがってもらった記憶があるけれど、家事もほとんどやらず自由気ままにふるまう父は、物心ついた頃から少しずつ忌避の対象になっていった。今では、家におじさんがいない生活というのはかなり快適だと気づいてしまっている。けれど、私立大学への進学を目指せるのは親のおかげだということも、理解しているつもりだ。もちろん、生活費は頑張ってアルバイトして稼ごうと思っているけれど。

「お土産が楽しみだよね。またあれ買ってくるといいな。なんだっけ、ほら」

　ほら、なんて言ったっけ、ほら、と姉がテーブルをばんばん叩く。そうすれば記憶が引っ張りだせるとでもいうように。

「『タルト』……？」

　スポンジ生地で餡をぐるりと巻いたロールケーキ状の菓子。そのもったりとした食感を舌に蘇らせながらつぶやくと、そうそうタルト！　と姉は叫んだ。

　初めての帰省の際に四国銘菓のタルトを持ち帰った父は、わたしたちが「おいしい」と言うまでじっと見守った。自分のぎこちないフォーク運びが立てた、かちゃかちゃいう音の響きを覚えている。

あのとき圧を感じていたのは、わたしだけではなかったらしい。せめて父の視線がなかったなら、もっと味わって食べることができたのではないかと思う。

父には昔からそういうところがあった。わたしたちに初めての経験をさせ、それを見守って満足する。わたしたちの心の内にまではきっと興味がない。そういう人だった。

「あれもおいしかったけど、せっかくだから次は別のものが食べてみたいかも」

「あー、わたしも」

母に同意すると、この場では自分が少数派と悟った姉は「ええーっ」と不満の声を上げた。

「いやいや、タルト一択(いったく)でしょ。あたしお父さんに『絶対タルト買ってきて』ってメールしちゃおうっと」

姉はそう言って本当にポケットから携帯電話を取り出し、メモリーをかちかちとスクロールし始める。

「ちょっとやめてよ、松山って他にもおいしいものいろいろあるじゃんっ」

阻止しようとしたら、姉の手の中の画面が目に入った。「お父さん」に続けて登録されている「音喜多さん」という名前が、妙に印象に残った。自分の周りにはひとりもいない苗字だ。

「ミントティー飲もっか」

食器を片づけ終えた母は、そう言うなりわたしたちの返事を待たずにアフリカスミレの鉢をどかし、庭に面したガラス戸をからから開く。冷たい夜気が室内に入りこむ。庭へ下りた母は、ちぎりとったミントの葉を手にもどってきた。

リビングのカーペットに転がって携帯電話をいじり続けている姉が動かないので、わたしが湯を沸かして三人分の紅茶を淹れた。ミントの葉をざる付きのボウルで洗い、ちぎって載せると、いつもの日東紅茶がカフェメニューのひとつになったように感じられる。

ミントという植物は、繁殖力が異常に強い。今我が家の庭に生えているミントは、隣家から垣根を越えてやってきたものだ。

幼い頃一緒に遊んでいた仲間でもある双子が暮らす隣家では、我が家よりひとまわり大きな庭を有している。我が家の庭との境には所有権の曖昧な低い垣根が昔からあって、子どもの頃はよく「国境！」と言いながら何度も飛び越えて遊んだ。

数年前、双子の母である小林さんが青い顔をしてお詫びに来た。「そちらのお庭にうちのミントがいってしまったみたいで」と、ドライケーキの豪華なセットを手に。

当初は不思議だった。隣家の植えたミントが我が家で収穫できるようになるならむしろこちらが御礼を言うべきなのに、なぜ謝罪されるのだろうと。

理由がわかったときには、我が家に植えていた花や野菜の一部はミントによって駆逐されていた。地下茎が広範囲にわたって増えるミントは、一度地植えをすると生長したあとに抜くのが大変で、根絶するのは非常に困難であるらしい。鉢植えやプランターにすればよかったのにうっかり植えてしまって、本当にごめんなさい。小林さんはそれ以降も顔を合わせるたび、こちらが恐縮するくらいのお詫びの言葉を口にした。

板状の遮蔽物（しゃへいぶつ）を地中に埋めこんだり、弱酸性の土を使ったりして、今ではミントは我が家の庭の面積の半分程度で管理できている。スペアミント系とペパーミント系が交雑しているようで、まるっこい葉もぎざぎざした葉も繁っており、どれがどの種類か判別することは母もすっかり諦めてしまっている。清涼なハッカの香りを放ち、夏には白やピンクの小さな花をつける。ときどき家に入りこんでくる蜘蛛たちは、ミントのにおいを嫌がってやってくるのではないだろうか。そしてまた「どうぞお帰りください」と帰されるのはどんな気持ちだろう。逆に、とても残酷なことをしている気もする。

ちょっとした芋掘り会を開催するくらい収穫できていたじゃがいもやさつまいもがだめになってしまったのは残念だったけれど、年中いつでもミントが手に入る生活は悪くなかった。紅茶に浮かべてミントティー、お風呂に入れればミントバス。アイスやヨーグルトにちょんと載せるだけで気分が上がる。日常の中にミントを取り入れることで、なんとなく頭痛がやわらいだり、胃腸がすっきりするような気がする。その「なんとなく」は、とても大きいものだと思う。

父の帰省中にミントティーを出そうとして「そんなしゃらくせえもの飲めるか」と一蹴された母は、そのときは珍しく憤慨していた。以来、ミントは女が消費するものというイメージがある。

入浴後、湯気をほかほかと放つ体で歯を磨いていると、姉がやってきて横に立ち、歯磨きを始めた。似ているようであまり似ていない顔が鏡に並んで映っている。生のミントのものとは異なる、人工的なミントの香りが洗面所に広がってゆく。

「音喜多さんって誰？」

口をゆすいでタオルで口元を拭いながら、心に小さく引っかかっていた疑問を尋ねてみた。何気なさを心がけて口にしたのに、ぬむっ？　というような声を出した姉は口の中の泡を乱暴に吐きだして両目を吊り上げた。

「ちょ、なに、あんた人の携帯見たの？」

「見たんじゃなくて見えたの」

「同じことでしょ！　信じられない。最低」

「違うって言ってんじゃん。意図的に立ち上げて見ることと自然に目に入ったことは」

「あんたほんとに理屈っぽいよね。嫌われるよ、そんなんじゃ」

問いかけの内容から論点がずれてゆく。姉の声は不自然に上ずり、自分が彼女のタブーに触れてしまったことだけがよくわかった。

ぶくぶくぶく、ぺっ。姉の吐き出した水がシンクに飛び散る。姉はいつも感情的になると仕草やふるまいを派手にして発露する。

「いい？　人の携帯を盗み見るなんてことやったら、人間として終わりだからね」

捨て台詞を吐いてリビングのほうへ戻ってゆく姉をぼんやりと見送りながら、頭に浮かんだのはれいちゃんのピンクの携帯電話だった。

無数の悪口が詰まっているはずのあの端末がもし、目の前にあったら。

そうしたら、わたしはそれに触れずにいることができるのだろうか。

自分を抑制することができるのだろうか。

第二章 あの子のメール

隣の焼きそば屋から漂うソースの香りをかぎながら、じゃがいもに割り箸を突き立てる。熱でとろけたマーガリンがゆっくりと芋の断面を滑ってゆく。

「超おいしそうじゃん」

提供してくれた麻紀をふりかえるも、もう次の客に向かって「黒胡椒もおかけしちゃっていいですか〜?」と朗(ほが)らかにたずねているところで、彼女に向けたつもりのわたしの笑顔は宙に浮いた。

中庭を埋め尽くす模擬店から放たれる雑多なにおい、いらっしゃいませえと客を呼びこむたくさんの声、バンド演奏のリハーサルをしている軽音部の「チェック、ワン、ツー」と音響チェックする声。ざわめきに熱気。文化祭の構成要素が充足し、混じり合って飽和状態になっている。

わたしたち二年H組の今年の出し物はじゃがバター屋だ。とは言え芋に添えられている黄色いかけらはどう見てもマーガリンで、そこはコストを考えたのだろうと推察される。

麻紀がせいろの蓋を開閉するたび白い湯気がもわりと立ちのぼり、わずかに土くささを含んだでんぷん質の香りが漂う。

文化祭の主役たる文化部の生徒には自分たちの展示や発表の場があるため、クラス別の出し物は部活に入っていない人が中心となり、運動部の生徒と協力して企画から当日の運営までを担当することになっている。

面倒な模擬店の準備や売り子に関わらなくて済むうえ、文芸部としても交替で店番をして季刊誌『海鳴り』を手売りするだけのわたしには、文化祭は楽ちんで快適なイベントだ。

一方、何人かの運動部員と共に模擬店の係に選出された麻紀は、いきいきと立ち働き、訪れる人々にじゃがバターをふるまっている。洗い、運び、せいろに並べて蒸し、皿に載せてナイフでふたつに切り、マーガリンを添え、塩胡椒をかける。工程が比較的シンプルで、労力も大きすぎず特別な技術も要らないじゃがバターは、模擬店で扱うメニューとしては優れたセレクトなのかもしれない。

「いらっしゃいませえ」

「あつあつほかほかのじゃがバターでーす、いかがでしょうかあ」

せっせと手を動かしながら、麻紀も、同じ係の佐藤さんや大高さんも呼びこみに余念がない。接客業の経験があるのかと思うほどイントネーションがそれっぽく、自然なふるまいで客をさばいている。

焼きそば屋とチョコバナナ屋に挟まれて地味に見えるものの、意外に客は途切れずにやってくる。他校の男子高生が買いに来ると、麻紀も佐藤さんも他の子たちもわずかに高揚しているのが傍目にもわかる。たぶん気のせいではないと思う。

売り子の休憩はローテーションが組まれていて、麻紀は正午から一時間は持ち場を離れてよいらしい。その間一緒に回ろうねと約束しているわたしは、とりあえずじゃがバターをひとつ買った。

もう少し麻紀に構ってもらえるかと思いきや、調理や販売に忙しくてわたしどころではないようだ。むしろ、店の前で立ち食いしようとしているわたしはもしかして邪魔なのだろうか。たこ焼きや焼き鳥を手にした校外生が何やらきゃあきゃあ言いながら背後を通過してゆく。

「芋、残り五個でーす」「はーい洗ってきまーす」「塩胡椒さあ、この辺に置いちゃってセルフ方式にしたほうがいいかな?」「やばい、佐藤ちゃん天才」揃いのエプロンを締めた麻紀はあまりにもいきいきと楽しそうで、わたしとの約束を忘れていないだろうかと不安が募る。事前に申し合わせたのか、売り子も裏方も、ショートカットの子以外は全員髪の毛を頭頂部でおだんごにしている。

発泡スチロールのカップの中のじゃがいもはつつくほど細かく崩れ、マーガリンや塩胡椒と混ざり合ってシンプルなおいしさを実現している。でも喉が渇く。ぐずぐずになった芋をあらかた食べ終わっても、麻紀の視線をとらえることはできない。

「ちょっと飲み物買ってくるね」

麻紀に向かって発した声は喧騒に紛れて届かない。麻紀はちらりともこちらを見ず、まるでわたしなどこの空間に存在しないかのように思えてくる。仕方なく、そっとその場を離れた。むしろ正午まではひとりで過ごしたほうがいいのかもしれない。

屋台の空き容器であふれかえったごみ箱の上にちょんと載せるようにしてじゃがバターのカップを捨て、音とにおいの洪水のような中庭の中央へ足を向ける。

辛子色のリボンタイの三年生の女子たちがフランクフルトやホットドッグを食べさせ合いながら歩いてくる。マイクチェックを終えた軽音部がバンド演奏を始める。聖母会のメンバーがシスターと一緒に募金箱を持って練り歩き、他校の男子高校生のグループが品定めするような視線を投げかけてくる。

みんな、みんな、誰かと一緒にいる。こんな日にこんな場所でひとりで歩いているのはどうやら自分くらいらしい。羞恥にも似た心細さが皮膚の表面から体の内部に向かってじわじわとやってくるのを感じた。

飲料だけを売っているらしい模擬店を見つけて足を向ける。近づくにつれ売り子の顔がはっきり見えてきて、二年G組とわかった。美術の授業で一緒になる「やっちゃん」と「クニちゃん」と「シンドウさん」がいたから。

食べ物を売る店に比べると活気はなく、三人は並べられたパイプ椅子に座って雑談をしていた。ここでも「やっちゃん」と「クニちゃん」がほとんどふたりだけで顔を合わせて喋っていて、端に座る「シンドウさん」はふたりの話の切れ目に笑い声を立てている。このごくわずかな時間でも三人の関係性の歪さが手に取るようにわかってしまうのは、わたしが変わっているからだろうか。

氷水で満たされた大きめの水槽のような容器に、ペットボトルや缶の飲料がぎっしりと浮かんでいる。来客に気づいて「いらっしゃいませ」と立ち上がった三人は、わたしを見て微妙な表情になる。気まずさを抱えながら爽健美茶をつかみ上げると、「シンドウさん」が白いタオルを持った手でそれを受け取り、丁寧に水滴を拭って渡してくれた。

小銭を渡して三人に背を向けたとき、「やっちゃん」と「クニちゃん」が小さく悲鳴を上げた。

「うわ、浪岡さんだ」

「王子じゃん」

その存在はこの学年で、もしかしたら学校全体でも有名なので、わたしも知っていた。

両脇を二年の女子に挟まれるかたちで、浪岡栞が歩いてくる。

制服から伸びるすらりと長い腕や脚が、ただ歩いているだけで人目を引く。涼しげな切れ長の両目もショートボブの柔らかそうな髪も色素が薄く、中性的なアルトボイスを持っている。

整った外見や洗練されたふるまいに加え、サッカー部のエースとして活躍していることもあって、彼女はひどく目立つ。小学生時代のうちの何年かを父親の仕事の都合でドイツで暮らしていたそうで、そのバックボーンがさらに彼女に特別感を与えている。女同士でありながら浪岡さんに懸想する子もいるらしく、告白の現場を目撃したという噂も絶えない。

なんだか少女漫画に出てきそうな人物像で、どうにも近寄りがたい印象がある。告白する人はもちろん、こうやって密着して歩ける人の気がしれない。釣り合わない相手ということは、自分をみじめにしないのだろうか。

両脇からさかんに話しかけられながらどこか気だるそうに歩いていた浪岡栞が、突っ立っているわたしに視線を向けた。

「ねえ、それどこで買ったの?」

突然声をかけられてわたしはどきりとした。

「……えっ」

「そのお茶」

浪岡栞はわたしの手元を見つめている。

「あ、ああ、ここです」

ふりかえってG組の模擬店を示しながら、反射的に敬語になってしまった自分に嫌悪感を覚えた。

浪岡栞は「ああ、そこか」とあっさり模擬店に視線を移し、そちらに歩み寄る。「なんか健康茶的なやつください」と雑に声をかけられた三人が、ぎくしゃくしながら接客している。

他人に緊張感を与える人って、なんか、嫌だな。

漠然とした感想を抱きながら、わたしはペットボトルの蓋をひねった。

喉の渇きを潤し、ゆったりめに時間を潰してじゃがバター屋の前に戻ろうとしていると、正門のほうから歩いてきた男女と足並みが揃った。

男のほうはラッパーのようないわゆるBボーイスタイルで、女のほうはボヘミアン調のワンピースに黒いキャスケットと黒いブーツを合わせている。ふたりともモデルのように背が高く、色つきサングラスをかけているせいもあって目を引いた。

浪岡栞とはまた別の種類のオーラを放つふたりは、麻紀たちのほうへ向かってまっすぐ歩いてゆく。わけもなくどきどきしていると、やはりじゃがバター屋の前で足を止めた。

「じゃがバターってここしかなくね?」

「ここかも」

香水のような香りを纏った女はサングラスをずらして暖簾や幟を確認し始め、ブースを覗くと「いたいた、工藤さーん」と声をかけた。

「え、やだうそっ」

トングを持ったままのエプロン姿の麻紀が、熱されたポップコーンのように勢いよく飛び出してきた。

「やだやだ宮越さん、早かったねえ」

「ちょい早く着いちゃったの。腹減った～」

頬を紅潮させ、女と手を取り合って喜びを爆発させている麻紀を、わたしはぼんやりと眺めた。

「あ、これ彼氏」

「ども」

「あっどうもどうも」

女のほうは男に自分の携帯電話を持たせ、麻紀と肩を寄せてツーショットを撮り始める。麻紀の持っているトングがそのまま巨大なVサインの指のような役目を果たしている。

完全に部外者だ。悲しいくらい部外者だ、わたしは。

心が折れそうになったところで、ようやくわたしの存在を思いだしたらしい麻紀に腕をつかまれた。

「これ、沢田寿美子」

紹介されて頭を下げる。どうも、という男女二種類の声がつむじのあたりに降ってくる。

平均よりも背の高いわたしだけれど、宮越某はさらに五センチほど高く、見下ろされる恰好になった。男のほうはもっと長身で目つきが悪い。口の中でくちゃくちゃとガムを噛んでいる。人を落ち着かない気分にさせるタイプの男だ、とこっそり感想を持つ。

「工藤さん、早めに休憩行っちゃったら？」

ブースの中から声がかかった。麻紀の目がぱっと輝く。

「いいの⁉　ありがとう‼」

えっ、わたしと回る約束は？　まさかこの四人で回るの？

蒸しあがるじゃがいものにおいの中で、わたしは激しく混乱した。戸惑いのあまり唇を震わせていると、

「あ、でもウチらそろそろ行くよ」

宮越がすげなく言った。え、と麻紀が表情を硬くする。

「このあと用事あるから、ぱぱっと回ったら行かなきゃいけないんだ」

「そう……なんだ、だったらせめてじゃがバター食べてって」

「あー、あたしふかしただけのじゃがいも、そんなに食べれないんだよね。なんか青くさいじゃん」

宮越は首を傾けて言い放つと、行こっか、と彼氏の腕に腕を絡めた。サングラスをしているので、まなざしからその感情を推し量ることはできない。

帰ってくれるのは構わないけど、むしろほっとするけど、でももう少し麻紀にフォローの言葉をかけてやってもいいのではないだろうか。ぬるくなってきた爽健美茶のペットボトルを抱えたままわたしはやきもきした。

「っていうかじゃがマーガリンやんけ、これ」

カップの中のじゃがいもにスプーンで削りとったマーガリンのかけらを落としている佐藤さんを指しながら、男が上体を反らして笑った。


文芸部の会場が割り当てられている三年F組の教室に戻ると、中庭の喧騒がいっそう遠のいた。わたしの気配に、菅原さんが読んでいた文庫から顔を上げた。

『海鳴り』の最新号やバックナンバーは、朝一でわたしが売り子をしたときよりも大きく減っているようには見えない。菅原さんのほかは教室は無人で、掲示用のパーテーションに模造紙で貼りだした「近代作家の光と闇」や「国内・海外　お薦め短編集はこれだ！」に目を留めてくれている人ももちろんいない。

「お疲れさま、交替でーす」

結局予定どおりに麻紀とふたりで歩き回りながら胃に詰めこんだたこ焼きやかき氷が腹の中でぐるぐる回っているのを感じながら、声をかける。

「何冊売れた？」

「十月号が二冊と六月号が一冊だけですね、この一時間だと」

菅原さんは誰に対しても隔てなく敬語を使う。栞を挟んで文庫を閉じ、うーんと腕を振り上げて伸びをした。よい読書タイムとなったようだ。

彼女の様子に常よりも気を許してくれているような雰囲気を感じ、わたしは話しかける。

「なんかさあ、せっかくの文化祭なんだから今日くらい私服ＯＫならいいのにって思わない？」

「思わないですね」

即答された。

「私ださい服しか持ってないんで、制服がありがたいです。制服なかったら死にます」

「そっ、そっか」

とっさに何も言えなかった。菅原さんの私服姿を見たことがない以上「ださい」に関しては肯定も否定もできないけれど、切実さだけは伝わってきた。

「これよかったら読みます？　私も富樫さんから借りたやつですけど」

今まさに自分の鞄にしまいこもうとしていた文庫を手に、菅原さんが訊いた。『マンスフィールド短編集』。これからの退屈な一時間を思って、ありがたく又貸ししてもらうことにする。自分の鞄の中に入れていたミステリー小説は、朝の当番の時間に読みきってしまっていた。

菅原さんの体温が残る椅子にぺたりと座り、コインケースの中の小銭を確認する。どの金種も釣銭に困ることはなさそうだ。

窓から漏れ聞こえる上手くも下手でもないバンド演奏を物憂げに聴きながら店番をした。遠いOGだと名乗る社会人らしき女性が各号をすべて一冊ずつ購入していった。「ウチらの頃は」で始まるエピソードを延々と聞かされた挙句に「袋とかないの？」と眉をひそめられ、「ないですね」と無機質に答えたら空気が固まった。

年配の国語教師も来た。『海鳴り』を何冊か立ち読みし、展示の中にある誤字を指摘して、満足したように出ていった。

彼らが去るとふたたび教室は静まり返り、わたしは『マンスフィールド短編集』を開く。

ページの天の部分がわずかに黄ばんでいる。目次のページをぱらりとめくり、文字の羅列を目で追ううちに、疲れが押し寄せてくるのを感じた。眠い。猛烈な眠気に全身がくるまれてゆく。本を閉じて脇へ置き、組んだ腕の中に顔を入れる。

とろとろする意識の中で、さっきの菅原さんの言葉が再浮上してくる。

わたしだって、私服には自信がない。全然ない。流行りのボヘミアンなワンピースを見ただけで臆してしまうほどだ。

——それってショーワ堂？

記憶の蓋がずらされて、れいちゃんの言葉が蘇る。

登校の待ち合わせ場所で顔を合わせた瞬間に言われたのだ。道がまだ舗装される前で、足元から土埃が小さく上がっていたことを覚えている。

彼女がもう藤原怜子から畠山怜子になっていたはずだから、小五の終わりか小六の頃だったと思う。そうだ、学年別の名札の色が紫だったから、六年生だ。わたしは胸の部分に英単語のロゴが入った、エメラルドグリーンのトレーナーを着ていた。

ファッションというものにとことん疎い母に育てられたわたしは、それを褒め言葉と受け取った。よくわかったね！　と無邪気に返事をした。

——そうなんだ。

その声の硬さに含みを感じたときには手遅れだった。

その日、クラスの女子の何人かがれいちゃんと目配せを交わしてはくすくす笑いをしているのがわかった。わかるようにやっていたのだからあたりまえだった。

こんな田舎の小学生でも、親が買ってくる百貨店オリジナルブランドの服を着ていたら笑われるのだと、わたしはそのとき身をもって知った。知らなかった。じゃあみんな、どこで服を買っているんだろう。まだまだ先だと思っていたけれど、駅前のファッションビルなのだろうか。全国展開しているファミリー向け百貨店のショーワ堂じゃ、だめなのか。

それからしばらくの間、わたしはひたすら小遣いを貯めた。自分で買ったファッションブランドの服がある程度手元に溜まるまでは、朝家を出るのがひどく憂鬱だった。

ああ、嫌な記憶。濡れた洗濯物のような気分を拭うように顔を上げて、ぎょっとした。れいちゃんが目の前に立っていた。

「あ……いらっしゃいませ」

半分寝ぼけたような乾いた声が出た。

「来てみた」

ポケットに指先を突っこんだれいちゃんはほとんどつぶやくように言うと、くるりと身を翻して展示のパネルに目を通し始めた。

まさか来てくれるとは思わなかった。だって、彼女の興味を引くようなものは、どう考えてもここにはない。

「……温香は？」

小さな背中に遠慮がちに声をかける。学校行事の日は、れいちゃんと温香は産卵期の鳥のつがいのようにぴたりと寄り添って行動しているのが常だった。

「なんか彼氏が会いに来て、行っちゃった」

「えっ、彼氏」

今度こそ気だるさが吹き飛んだ。れいちゃんは首だけこちらに向けてにやりとした。口角の引きあがる音が聞こえるような気がした。

ああ、まずい。

「温香さんはねえ」

また共犯者にされてしまう。

「デートだってはりきってたよ。うけるよね」

だめだ。悪魔の笑みを向けられてしまった。

「……いつのまに？」

「なんか夏休みにカラオケ行ったら大学生にナンパされたんだって。言わないでね」

他校に彼氏がいる子は、文化祭では先生やシスターに見つからない程度に合流してデート気分を楽しむものと相場が決まっている。

れいちゃんに輪をかけてゴシップ好きの温香は、情報収集力も声そのものも大きく、中学のときは男子から「スピーカー」というあだ名をつけられていた。自分自身の恋愛については隠しおおせるタイプだなんて思わなかった。

れいちゃんもよく今日まで黙っていたものだ。わたしは妙なところに感心してしまう。人の秘密をばらすのが生きがいのような子なのに。小学校のとき、うっかりれいちゃんに好きな人を教えたが最後、翌日にはクラスのほとんどの女子が知るところとなっていた。

ずいぶんと見くびられているんだな、と思う。こうしてれいちゃんが秘密を漏らし、しかも悪意をこめてふりまいていることを、わたしが温香に告げ口するはずないと決めつけているのだから。

そして実際にそのとおりなのをわたし自身が知っている。だから、悔しい。

「ナンパとかって、うけるよね」

『海鳴り』の山に視線を据えてれいちゃんはなおも言う。同意を促すように小首を傾げてみせる。ナンパされるほど容姿が優れていないのにねと暗に言っているのだろうか。

この子はいったい、誰に対してなら100パーセントの敬意を持つことができるのだろう。

温香のことをわたしはちっとも好きではないけれど、でもれいちゃんには彼女を好きでいてほしい、裏切らないでいてほしい。自分でも説明のつかない感情に息苦しくなる。たとえわたし自身がターゲットじゃなかったとしても、人が人を侮蔑するところなんてできるだけ見たくない。どす黒い感情に巻きこまれたくない。その気持ちを手放したら、人間として何かが終わってしまう気がする。

「これって一部五百円?」

黙りこくっているわたしにれいちゃんがたずねた。

「え、あ、うん」

「寿美子さんが書いてるのはどれ?」

「え、えっとここからここまでは全部」

「買おうかなあ」

「え」

「おすすめはどれ?」

意外な展開に驚きながら、わたしは最新刊である十月号を指差す。

れいちゃんが鞄からスパンコールのびっしりと縫いつけられた財布を取り出すのを見ながら、ようやく理解する。自分より彼氏を優先した温香へのおもしろくない気持ちが、彼女をここへ向かわせたのだと。そして、単純に居場所がないのだと。わたしは補欠選手のような存在なのだと。

ずっと不思議だった。部活禁止の土曜日に、れいちゃんが温香たちテニス部員と一緒ではなくわたしと帰ること。れいちゃんはれいちゃんで、彼女のコミュニティの中で大切にされていないのだろうか。

考えてみたら、テニス部員としてのれいちゃんのことを、わたしは何も知らない。前衛なのか後衛なのか。レギュラーなのか補欠なのか。試合を観に行ったこともない。

「へええ」

同人のひとりであるわたしを見下ろす位置で、れいちゃんは『海鳴り』をぱらぱらとめくる。にわかに緊張が走った。

どこかのページでれいちゃんの指の動きが止まる。

「なんか、思いだす」

何を？　と問うべきなのだろうけれど、できない。本能が、何も言うなと告げている。

「昔、寿美子さんが麻紀さんと描いてた漫画、あったじゃん」

わたしが先を促すのを待たずに、れいちゃんは続ける。

「ああいうのってさ、黒歴史ってやつでしょ」

黒歴史。わたしと麻紀の創作漫画が。

「……なんで？」

「えー、だってほら、恥ずかしくならない？」

冊子から顔を離してこちらを見下ろすれいちゃんと目が合う。例によって、人をいたぶるときの顔つきになっている。こうしてまた、わたしはやすやすとれいちゃんに軽んじられてしまう。

どうして？　わたしたちはめいっぱい楽しんで描いてたよ。そりゃあ人生経験の浅い中学生が拙い技術で作ったものなんて今読み返したらちょっと恥ずかしいけど、でも黒歴史とは思わないよ。それとも、れいちゃんにとっては素人のクリエイティブな活動が全部、恥ずかしいものだっていう括りなの？　ずいぶん雑な感覚だね、それ。

胸の中を、滝のように勢いよく言葉が流れてゆく。それらを取り出して整えて伝えることを考えただけで、先取りして徒労感を覚えてしまう。れいちゃんには伝わらないことが経験上わかっているから。

「そうだ、さっき真奈さんが来てたよ。彼氏と一緒に」

鞄の中に『海鳴り』をしまいこみながられいちゃんが言った。わたしの沈黙が圧になったのだろうか、どこか空々しい話題転換だった。

「――真奈さんが？」

「ほんとほんと。一緒に写メ撮ったもん」

見て見て、とピンク色の携帯電話を取り出し、ボタンを操作して見せてくれる。思わず身を乗りだした。

デジタルカメラよりも解像度の低い画像に、三人の人物がおさまっている。誰に撮ってもらったのか、白いワンピースの女の子と、パーカーにジーパンというラフな姿の男の子に挟まれて、れいちゃんが控えめな笑顔でピースしている。

ワンピースの女の子はよく見れば記憶にある姿とほとんど変わらない真奈さんで、右端に立っているのがその彼氏なのだろう。髪には青いメッシュが入っており、前髪を頭頂部近くでちょんまげのように結っている。顔立ちはひどくあどけないけれど、きっと高校生なのだろう。

「……へー」

なんとか感想を述べようとしたけれど、乾いた雑巾を絞るように何も出てこなかった。さっきの話題にまだ心が引きずられている。自分の表情が動いていないことが、鏡を見なくてもわかる。

とうとうこの空間にいるのに飽きたらしく、れいちゃんは「じゃあ」と小さく言って教室を出ていった。彼女の残した微妙な空気の中に、わたしはひとり取り残される。

――嬉しかったのにな。れいちゃんの小さな背中を座ったまま見送りながら、ぽつりと小さなひとりごとが漏れた。

補欠選手でもなんでもいい。こうしてれいちゃんがわたしのもとに来てくれたことが、嬉しかったのにな。


「やっ、たああ」

冷えこんだ空気の中に声を放つと、肺に冷気が入ってひんやりと沁みた。それでもわたしの心は火照(ほて)ったままだ。

藤色の自転車の前かごに鞄を押しこみ、鍵を差しこんでストッパーを蹴りあげる。鈍い金属音の響きを聞きながらサドルにまたがった。勢いよくペダルを踏みすぎて少しよろけた体を立て直し、校門を出てぐんぐんと進んでゆく。頰に吹きつける風は冷たいはずなのに、興奮のせいで生ぬるく感じる。

さっきまで、担任の小松先生と個別面談をしていた。わたしの最新状況について進路指導主任の先生とも確認し、X大の指定校推薦は問題なく進められそうだ、とのこと。歓喜に頰を上気させるわたしを見て、小松先生はくすくす笑った。特に好きだとも嫌いだとも思ったことがないこの人のことが、急に女神に見えた。母ではないけれど、わたしも案外宗教にはまりやすいクチかもしれない。

文系科目の成績の安定に加えて二学期の期末で理数についてもかなり挽回したため、このまま内申に問題が生じなければ推薦したい。わたしの反応を確認しながら小松先生は語った。単願になるから合格後は他の大学を受験できないことと、東京でひとり暮らしすることに抵抗がなければ、と念押ししながら。

「ないに、決まってるじゃ、ないですか！」

ペダルを踏みこむ動きに合わせて声を放つ。夕焼けに向かって突き進むように自転車を漕ぐ。れいちゃんと並走しているときの倍近いスピードで。

文化祭が終わればあっという間に冬になる。この地域では十一月に初雪が降ることも珍しくなく、今年は文化祭の翌週に降り始めた。マフラーを巻き始める生徒が一気に増えた。学校指定のださいダッフルコートは制服と同じ黒に近い紺色で、同色のマフラーも学校指定のつまらないデザインのものだ。なんだか年間を通して喪服を着せられているような気になってくる。

東京か。わたしが東京に。

最近観たテレビドラマの映像の断片が頭の中を駆け抜けてゆく。洗練された街並み。交差点を埋めつくすたくさんの人。文化や経済の成熟した大都会。うまくゆけば自分がその一部になれるなんて。田舎のしがらみにとらわれず、誰にも煩わされずにひとりで暮らせるなんて。

模試の志望欄に大学名を書き入れるたび、想像しようとすることはあった。それでも最終的には無難に地元の大学に落ち着くのかなとぼんやり思っていた。良くも悪くもそれが自分の人生に似つかわしいような気もしていた。

けれど、自分の大学進学を真剣に考えたとき、その延長線上にある「東京」が身近なものとして感じられるようになった。

「東京は夜の七時」の歌詞が思わず口からこぼれる。少し前に姉が購入したピチカート・ファイヴのベストアルバムには、未知なる都会のきらきらが詰めこまれていた。上京したらあんな世界の片鱗に触れることができるのだろうか。歌詞の世界と目の前に広がる田舎そのものの風景とのギャップに笑いがこみあげてくる。

「でももちろんだけど、成績はちゃんと最後までキープしてね。頑張って」

先生に最後に言われた言葉も忘れない。そんな詰めの甘いことなどできない。部活のない日はこれから毎日図書館へ寄って勉強しようかな。そんなイレギュラーな動きをしたら、れいちゃんに気づかれるかな。

街並みの背後に、早くも日没の気配がある。最近建売住宅が急速に増えた一画に差しかかろうとしたとき、見知った背中が自転車で前方を走っているのが視界に入った。

一瞬のためらいののちに、わたしはペダルを漕ぐ足を加速させた。乱れる呼吸を整え、赤信号で停止する彼女の横に滑りこむ。

「あの、久しぶり」

「わっ」

突然すぎて驚かせてしまった。はっちゃんは涼し気な目を見開いて自転車ごとわずかに体を反らせ、しげしげとこちらを確認してからようやく笑みらしきものを浮かべた。彼女の視線が自分の頭頂部から爪先までをなぞる数秒間は、はてしなく長く感じられた。

「うわあ……誰かと思ったよ」

「ごめえん、久しぶりだったから」

懐かしい空気感が立ち上がる。この人は、使う辞書をレベルダウンせずに話せる相手だ。互いに名前を呼ぶことなく言葉をかけ合っているうちに、信号が青に変わった。すっかり夕焼けに染めあげられた町をゆるゆると漕ぎ始める。

はっちゃんこと早瀬(はやせ)遥(はるか)とは、中学時代、成績を競い合う仲だった。わたしが中間考査で学年一位になれば、その次の期末考査でははっちゃんが奪還した。共に停滞し、共に這い上がった。プライベートで遊ぶほどの親密さはなかったけれど、それがちょうどよい距離感だったし、知性と人間性のバランスのとれた彼女のことをわたしは好ましく思っていた。

こちらを検分するかのように見つめたわりに、変わったねとも変わらないねともはっちゃんは言わなかった。そんな彼女は白っぽいワンピースにもこもこしたらくだ色のダウンジャケット、足元は生成りのスニーカーという出で立ちで、やはりひどく自由で垢抜けて見えた。

「朝、たまに見かけてるよ。校則が自由だとやっぱりいいね、ジーパンとか穿けて」

「ああ、ジーンズね」

さりげなく修正をかけられた気がして、一瞬どきりとした。でも気のせいかもしれない。あんたの感じやすさには疲れると、先日姉からも言われた。そうだ、先取りして考えすぎるのはやめよう。

「あたしもよく見かけてるよ。畠山さんと一緒に通ってるよね」

「うん」

思いがけずれいちゃんの名前が出てきた。ペダルを握る手がわずかに緊張する。

「よくあの子と続くよね。あたしだったら無理」

えっ。

急すぎて、リアクションがとれなかった。れいちゃんに対するネガティブな評価を耳にするのはいつ以来だろうか。もしかしたら初めてかもしれない。

「受験勉強始めてる?」

さまざまな感情にとらわれているうちに、はっちゃんはもう話題を切り替える。昔から会話のテンポの速い子だったと思いだす。

「あ、わたし実は推薦とれるかもしれなくて……」

「えっそうなの」

「東京の私大なんだけどね」

世界の誰より早く、はっちゃんに打ち明けた。軽率なのは自覚しつつも、この高揚を誰かと共有せずにはいられなかった。

「そっかあ、いいなあ」

いいなあ、にさほど感情のこもっていなそうなトーンではっちゃんは言った。

「あたしはA大に進むしかなさそう」

県名を冠した国立大学をはっちゃんは口にする。

A大に進学するのはほとんどがA高の生徒だ。大学卒業後はそのまま地元企業に就職する人も多い。地元では盤石(ばんじゃく)なルートと言われる、ありふれた人生のかたち。

「いいねえ、東京か。あたしにはどうせおっかなくて行けないな」

はっちゃんはつまり、人生の大部分を県外へ出ずに生きるという選択をするということだ。自分の未来がある程度決まったパターンにはめこまれようとしている、そのことへの嘆きだろうか。そのわりに表情には憂いのかけらもない。便宜的にうらやましがってみせたのだろうと解釈すると、爪先からじわじわと羞恥心がやってきた。

どんな人にも大都市志向がもれなく備わっているわけではない。たとえどんなに田舎でも、地元を愛している人やさまざまな事情を抱える人にとっては地域に根差した生き方しかないのだ。東京の私大などに心惹かれるはずもない。

わたしはつくづく自分が恥ずかしくなった。さっきまで両手いっぱいに抱えていた大きな風船が急にしぼんでしまったような気持ちだった。

家々の窓が漏らすみかん色の灯りの中を、中途半端にスピードを合わせてはっちゃんと自転車を走らせる。何か話したいと思うのに、うまく言葉が出てこない。彼氏いるんだよね、って訊いても大丈夫かな。

「そういえばさ、寿美子さんだったよね」

その角を曲がればお別れというところまで来て、はっちゃんが初めてわたしの名を口にした。

「え、何が」

「あたしのこと、金沢(かなざわ)温香と区別するために『はっちゃん』って呼び始めたの」

その声には控えめながらはっきりと嫌悪の気配があって、わたしは息を呑むことしかできなかった。

「じゃあね」

自転車を停めたわたしに声をかけると、はっちゃんは減速することなくそのまま夕暮れの中を走り去った。


はっ、はっ、はっ、はっ。

わたしの小さな部屋を、麻紀の息切れが埋め尽くす。二酸化炭素濃度が増してゆくような気がして、窓を開けたくなってきた。

はっ、はっ、はっ、はっ。

はっ、はっ、はっ、はっ。

「ふ――っ、もう無理」

麻紀はとうとう動きを止めてぱたんとカーペットの上に四肢を投げ出した。リバティプリントの裾から伸びる彼女の足首は、以前よりひと回りほっそりしたような気がする。

「毎日そんなにやってるの？　腹筋」

「うん、寝起きと寝る前と、あと休みの日は気が向いたら」

そうか、じゃあ今は、久しぶりに訪れた親友の部屋で気が向いたというわけなのか。

どこか傷ついたような気分になりながら、麻紀が持参したファッション雑誌をめくる。

〝あなたはギャル派？　あゆ派？〟というメイク特集の見出しに、どっち派でもない場合はどうしたらいいのだろうと途方に暮れる。

「お腹の肉ってね、いちばんつきやすいしいちばん落ちやすいんだって」

「へえ」

そんな蘊蓄もこういう雑誌で得たのだろうか。今日はどんな少女漫画を持ってきてくれるのだろうと楽しみにしていたら、いつもの鞄にファッション誌を二冊詰めこんでやってきたので意表を突かれたのだった。

「佐藤さんもね、毎日腹筋五十回を三セットやってるんだって」

「そうなんだ」

そっけない返答になってしまった気がして、すごいね、と付け足した。

「ね、久しぶりにあれ読んじゃおうか」

ペットボトルのアミノ酸飲料をぐびぐび飲んで息をついている麻紀に声をかける。

「あれって？」

「ほら、創作漫画」

「ええー、いいよいいよ恥ずかしくて見れないよ」

　ぶんぶん手を振って固辞され、わずかに心が折れる音がした。恥ずかしくなんかない、黒歴史なんかじゃない。それを麻紀と確認し合うところまで持って行きたかったのだけれど、とても無理そうだ。

　最近ダイエットに目覚めたという麻紀は短期間で結果を出しているようで、脚や肩回りがずいぶんすっきりして見える。とは言えもともと太っていたわけでもなくごく標準体形だったから、今の姿はなんだか痩せすぎて不健康にも見える。自分の美意識の基準がおかしいのだろうか。あたりまえに持っていたはずの感覚が揺らいでくる。

　登校日なら絶対に許されない手のこんだメイクは、浜崎（はまさき）あゆみを存分に意識したもののようだ。くっきりと引かれた黒いアイラインはたしかに麻紀を大人っぽく見せてはいるものの、目のキワからは少し浮いていてどこか不自然に見えた。これが上手なメイクなのかどうか、わたしには判別が難しい。

　そもそも、彼女が化粧をするタイプの人だったなんて知らなかった。そういうのって、こんな田舎の女子高生がやるものなんだろうか。大学に入ってからで充分なんじゃないだろうか。

麻紀の様子が変化してきたのは、文化祭がきっかけだったはずだ。どう考えてもそうだ。圧倒的なインパクトのある私服姿の宮越なんとかと対峙したときの、あの上気した頰。彼女が予想外にあっさり退場したあとの、気の抜けた感じ。じゃがバター屋に戻ってからは、クラスの賑やかグループとさらに結束を強めて盛り上がっていた。

あの日が転機になったのではないか。ふたりで模擬店を回ったときの、どこか心ここにあらずといった麻紀を思いだすたび、どうにも落ち着かない気分になる。

最近彼女は休み時間に佐藤さんの机に行って話しこむことが増えた。そんなときわたしは『海鳴り』を取り出し、さも重要なことが書かれてでもいるかのような顔をしてページをめくるしかない。

「すみちゃんはまだメイクとか全然?」

心の内を読んだように麻紀が言う。無邪気さを装いつつも、一段高いところから見下ろされているように感じられ、わたしは戸惑う。

もしかして、まだまだ早いと思っていたわたしのほうが遅れているのだろうか。もしかしてわたし、ものすごくださかったりするのだろうか。麻紀のリバティプリントのワンピースと自分の毛羽立ちの目立つカットソーを見比べ、じわじわと不安に襲われる。

「うん、まあ」

「そうだなあ、すみちゃんはあゆよりも矢田亜希子（やだあきこ）みたいなのが似合いそう」

うんうんとひとり納得するように頷きながら、麻紀は勢いよくページをめくり始める。着回し術やメイク術を伝授するコーナーには既に何か所も蛍光ペンでチェックしてあり、その勉強熱心さにわたしはあらためて驚く。

「これこれ、こんなのとかどう」

ギャル系でもあゆ系でもない、クールな印象のメイクを施されたモデルの写真を麻紀は指先で突いてみせた。どう、と言われても困る。休日のためだけにメイク道具を揃える余裕なんてどこにあるのだろう。

「ね、とりあえず食べない？」

ポッキーの箱を手にとり、開封しようとすると、

「あっごめん、あたし今月中にあと一キロは落とさなきゃいけないからやめとくわ」

あっさり断られて、今度こそ泣きたい気分になった。


雨粒がフロントガラスを叩く。

細かい水滴は重力に従って滑り落ちながら合体して大きくなり、落下スピードを増す。

そして、まとめて一瞬でワイパーに払拭される。生き物のようにうねうねと蛇行する雨粒を見ているのが昔から好きだった。

先月半ばに初雪が降ったあとも最高気温が10℃を超える日がぽつぽつあったりしたけれど、十二月に入ると雨か雪の日がぐっと増えた。だからここのところ連日、れいちゃんのお母さんの冴子さんに車で学校まで送ってもらっている。例年、冬の間はずっとそうだ。日照時間が日本一短いと言われている県だけあって、もう長いこと青く晴れ渡る空を見ていない。れいちゃんと自転車で並走していない。猪俣さんやムクのところへも訪れていないけれど、元気だろうか。あのカツサンドの油の味が口の中に蘇る。

よその車の中で完全にリラックスすることが、わたしには難しい。通学鞄を膝に抱えてぴしりと姿勢を崩さずに座っているから、降車するときいつも体の強張りに気づく。

それに。

——よかったらいつでも資料渡すからね、冴子さんにもよろしくね。

中三のあのとき母がれいちゃんにかけた言葉は、冴子さんに伝えられたのだろうか。それを思うたびにわたしの心は落ち着かなくなる。自分の見立てでは、冴子さんは聞かされたうえで何も触れないでくれているのだと思う。そうだとすれば母の言動のやばさがことさら浮き彫りになる気がして、さらに胸がざわざわしてくる。

ハンドルを握る冴子さんの手の甲に皮膚の薄い人特有の筋が浮かんでいるのが、後部シートからも見える。車は雨の跨川橋を越えてゆく。国道に連なる車の数の多さに、学校までをはてしなく遠く感じる。

れいちゃんのお父さんの出棺の日も、雨だったな。

カーラジオからロシア人の女性ユニットt.A.T.u.が歌う「All The Things She Said」が流れ、その不穏なメロディーに呼応するかのように蛇行する雨粒はますます大きくなり、そうしてわたしはあの雨の日を思いだす。

母子が出ていった家にひとり残って暮らしていた父親は、ある日突然命を絶った。わたしの家の斜め向かいで、あのおしゃれなチョコレート色の壁の内側で、友達のお父さんが首を吊った。その事実は、小学五年生の無垢な心にこの世の闇を見せつけた。

噂が近所中を駆けめぐるスピードの速さは、田舎ゆえなんだろう。第一発見者は、必要なものを旧居へ取りに行った冴子さんだったという。死後数日経過しており、梅雨時のことで、いくらか腐敗が始まっていたらしい。

そのときばかりは、わたしは自分の想像力の豊かさを呪った。考えまいとしても、夜寝床に入って布団をかぶると浮かんできた。

ほんの何度か顔を合わせたことのある程度とは言え面識のあるおじさんの、離婚の末の突然死。そしてその姿に直面した冴子さんの胸中を思うたび、体温が何℃か下がるような気がした。

れいちゃんは一週間ほど学校を休んだ。葬儀は近親者のみで行われるとのことだった。篠突く雨の降る日に、わたしは霊柩車（れいきゅうしゃ）というものを初めて見た。たしかあれは日曜日で、わたしは姉とともに遠慮がちに窓から覗いていた。わたしたちをたしなめる母も父も、ちらちらと窓の外を気にしていた。

玄関に大きな供花が設置されたチョコレート色の家から黒装束に身を包んだ人々が次々に出てきて、霊柩車とその後ろのワゴン車に分乗するのが見えた。葬儀業者に黒い傘を差しかけられていてほとんど足元しか見えなかったけれど、冴子さん、トモくん、そしてれいちゃんの小さな姿がちらりと確認できた。

雨に濡れた平べったい黒い車がふぉーんとクラクションを鳴らしたとき、自分もこの世ではない場所へ連れて行かれるのではないかと怖くなったことを覚えている。

どれだけの時間、どれだけの日々を重ねれば、自分の配偶者の遺体の記憶を消すことができるのだろうか。冴子さんの手の甲に浮かぶ筋やきれいな卵形（たまごがた）に整えられた爪を見つめながら、思いをめぐらせる。

いや、記憶なんて自在に消せるものではない。記憶とともに生きるしかないのだろう。

共存してゆく方法を探すしか、ないのだろう。あるいは、意図的に思考の一部を鈍麻させるとか。

「最近、美代子ちゃんは元気？」

冴子さんに突然水を向けられて、ぴっと背筋を伸ばす。

「姉ですか？　あっはい、元気です」

慎重に答える。無邪気な問いというよりは、退学して生活を続ける姉のことを案じる気配が「元気？」の中に感じられた。その一歩先、近況を聞き出したいという気持ちもあるのかもしれないと、つい先取りして考えてしまう。

「元気ですけど、まあ相変わらずですねあはは」

姉の許可なく彼女について他人に語るのは気が引けて、具体性を避けた返事になった。相変わらず無職であることは伝わったのだろう、冴子さんは「そっかあ」とそれ以上深追いせず、シフトレバーに手をかける。

助手席に座るれいちゃんの顔は見えない。ルームミラーを見れば無意味に目が合ってしまいそうで、母子の間のフロントガラスを意味なく見つめるしかなかった。

いつもどおり校門の近くで降ろしてもらい、昇降口まで傘を差して歩く。れいちゃんの傘はピンクの花柄で、わたしのはすみれ色。たくさんの傘の群れがマリア像や名も知らぬ聖人の像の前を通り、昇降口に吸いこまれてゆく。

「聞いたんだけどさあ」

誰から、とは言わずにれいちゃんが切りだした。その声の重みで、彼女が車中ずっと温めていた話なのだろうと察しがついた。

「尾崎さんのことハブろうって話があるみたい。H組で」

「えっ、やだ」

思わず足を止め、反射的に叫んだ。れいちゃんも足を止めた。傘を叩く雨の音が大きくなる。

「そういうのは……なんかやだな」

思いのほか強く響いた言葉を、慌ててマイルドなかたちに言い換える。よくわからない笑みまで浮かべてみせた。雨の向こうで、れいちゃんがこちらを推し量るような顔をしている。自分の喉がごくりと鳴るのがわかった。

「いや、ほら、マリア様の前でやめようよ、こんな話」

「……そうだよね」

れいちゃんの顔に、あまり見たことのない表情が浮かんで消えた。

不穏な話がその後どんなふうに発展し流れたのか、わたしは何も知らずに過ごした。れいちゃんがあの件に関してどんな立場で、どんなふうに影響したのかも。

けれどそのまま終業式まで、少なくとも表立ってはクラス内にさしたる波乱は起きなかった。二学期の通知表を受け取りながら、心の底から安堵が湧きあがった。


冬休みが始まった。

大晦日の日、父が愛媛から帰省した。

半年ぶりに帰って、第一声がそれだった。

「女くせえなあ、この家は」

わたしも姉も鼻白んだけれど、なんだかんだで父の帰省に華やいでいる母はいそいそと父の身の回りの世話を焼いた。「ほら普段ひとりだからさ、女のいる家で過ごせるのが嬉しいって意味なのよ」と言われても、なぜ母が父の言葉を翻訳し得るかというところからして素直には受け取れない。

今回のお土産はタルトではなかった。小ぶりの愛媛みかんを丸ごと求肥(ぎゅうひ)で包んだ大福だった。

今度も父は自ら切り分けてわたしたちにふるまい、食べる様子をじっと見守った。半分に切られた大福の、みかんの断面が美しい。口に入れると、求肥と果実のそれぞれに異なる食感が合わさって脳が軽く混乱した。きっとその混乱を楽しむ菓子なのだろう。「おいしい」とつぶやくと、父は自分が作ったかのように胸を反らしてみせた。

柑橘類をあまり食べない姉は、無表情でひと口食べたあと「寿美子にあげる」とささやき、ふいっと席を立って自室にこもってしまった。

父がいても変わらずに、母は毎朝毎夕六時にお祈りをした。神棚の水を取り換え、榊(さかき)の手入れをし、マッチを擦って小さなろうそくに火を灯し、柏手を打つ。

母に言わせれば、今年一年我が家が誰も大きな怪我や病気をしなかったのは高丘宝天命のおかげということになるらしい。わたしたちひとりひとりの日々の心がけが全部母の信仰に回収されてしまう気がして、どうにも納得がいかない。

家族で紅白歌合戦を観ながら晩酌をした。未成年のわたしだけ呑めないのは悔しくて、少し値の張るトロピカルジュースをスーパーで買ってもらった。紙パックごとテーブルに置くと、季節感のちぐはぐな食卓になった。

今年とても流行った「亜麻色の髪の乙女」が終わると、父は床で自らの腕を枕にいびきをかき始めた。じゃあ私お風呂いただくね、と母が浴室に消え、姉とふたりになった。

姉は紅白の演出にいちいち文句をつけながら、手酌でバーボン・ウイスキーを呑み続けている。ラベルにはリアルな七面鳥のイラストが描かれている。こうした文化を持たない人々が見たら、七面鳥のエキスを詰めた壜だと思うかもしれない。

「仙台いたときもお酒飲んだりした？」

さしたる意味もなく問いかけてみた。トロピカルジュースを少しテーブルにこぼしてしまい、ティッシュで拭きとった指から甘ったるいにおいがする。

「そりゃしたよお。クラコンがあるからね」

テレビから目を離さず姉は答える。平井堅が眉根を極限まで寄せて「大きな古時計」を歌い上げている。

「倉……紺……？」

「クラスコンパのことだよ」

クラスみんなで行く飲み会のことだと姉は説明した。合コンというのは聞いたことがあるけれど、そんな文化もあるのか、大学生には。

多浪して入学したクラスでいちばんの年長者を幹事とし、彼に顔のきく居酒屋を予約してもらって、参加者の多数が未成年であることを伏せたまま利用するのだそうだ。

アルコールのためか姉は目元をとろりとさせたまま、そのまま仙台での生活を陶酔気味に語り始めた。なんでもかんでもずんだ味にしちゃうのはどうかと思うけど、ずんだシェイクはおいしかったな。ケヤキ並木の下で友達とコスプレ写真撮ったの楽しかったな。大学のキャンパスって広すぎて、誰がどこで何してようがいちいち構わないの。ほどよい無関心って最高。

——そんなに楽しそうなのに、どうして辞めて帰ってきちゃったの？

この流れなら自然に訊ける気がした。けれど、姉のほうが一瞬先に口を開いた。

「まあ、調子に乗りすぎちゃいけなかったのかもね。まさか子どもできちゃうなんてさ」

「え」

喉の奥から出た声はかすれていた。姉ははっと表情を引き締めた。

「言わないでね」

「え……」

「お母さんは知ってるけど」

言いながら、横で寝ている父に目をやる。父はいつのまにか仰向けになっており、胸をゆっくり上下させて熟睡している。

「え？……え、ねえ、子どもって？」

姉は何も聞こえないかのようにウイスキーを口に運び、「おっ中島美嘉（なかしまみか）きた」だの「SMAPってほんともう大御所の風格あるね」だのとテレビへの突っこみを再開している。どうやら何もコメントしてはいけないらしい。いたたまれない気持ちになって、情報処理に忙しい脳にガソリンを入れるかのようにみかんを貪る。トロピカルジュースとみかんというおかしな取り合わせなのに、無性に喉が渇いて果実と果汁を摂取してゆく。

紅白は今年からお茶の間投票というのが始まったらしい。どんなシステムでどうやって投票するのかつかめないまま、紅組が優勝するのを見届けた。除夜の鐘を聞きながらみかんの皮を片づけているうちに、年が明けた。

寝床に潜りこむ前に携帯を充電コードにつなごうとしたら、メールが届いているのに気づいた。

『明けましておめでとう！』

れいちゃんからだった。〇時十四分に受信している。デコ絵というのか、干支の未（ひつじ）が単調に動くアニメーションが添えられていた。

新年最初に受信したメールが、れいちゃんからか。複雑な気分になった。新しい真っ白なシーツに、ぽたりと薄いインクを垂らされたような、そんな気分。

今年も振り回されて生きるのかな、わたし。いや、家族以外の誰よりも長い付き合いの友達に新年からそんな感情を抱くなんて。気にかけてくれていることを喜ぶべきなのに。

シルバーグレーの携帯電話を握りしめたまま、わたしはれいちゃんのいいところをありったけ思いだそうとした。心から楽しそうなときの、無防備な笑顔。漫画のおもしろさを共有できるところ。あのおいしい苺飴をわたしと食べるために持ち歩き、惜しみなく分けてくれるところ。

――それくらいだろうか。いやそんな、もっとあるはずだ。もっと、何か。

どうしてもそれ以上思い浮かばないことに焦りを覚えながら返信を打ちあぐねているうちに、四肢がじんわりと重くなってきて、メール画面を開いたまま眠りに落ちていた。


窓の外の雪景色と同じくらい、真っ白な手つかずの一年が始まった。

宝天教会に入信してから初詣に行かなくなった母を残し、父と姉とわたしの三人で車に乗りこんで初詣に行った。白鳥の飛来する大きな川を渡るとき、静謐（せいひつ）な気持ちになった。

地元の神社はこの地域にこれほど人がいるのかと毎年驚かされる賑わいで、境内の白い雪がたくさんの人に踏み荒らされて土と混じり合っている。

今年は受験生になります。無事に指定校推薦が取れますように。あと、変な怪我や病気をしませんように。

後ろに並ぶ人たちに気兼ねして、早口の祈りになった。もっとほかに祈るべきことがあるような気もしたけれど、後ろのおじさんがしきりに咳払いをするのでそそくさと拝殿前を離れた。

おみくじは末吉だった。大吉しか信じないことにしているわたしは、ろくに読まずに境内に張られた紐に結びつけた。家内安全のお札を買う父に一緒に「学業守」の御守りを買ってもらい、人をかき分け、ぐちゃぐちゃの雪を踏んで再び車に乗りこむ。

「あたしもさあ、運転はできるんだよ、お父さん。縦列駐車だって得意なんだよ。冬場はちょっと雪道があれだから運転しないってだけで」

おみくじで大吉を引き、甘酒を二杯も飲んだ姉はご機嫌だ。どちらかといえば普段避けている父に陽気に絡んでいる。昨夜の衝撃的な発言を自分の中でどう処理すればいいのかわからないまま、姉の肩のあたりを後部座席からぼんやり眺めた。運転する父の真後ろなので、男性用整髪料のにおいがダイレクトに鼻に届く。

「どうでもいいけど使うならぶつけんなよ、車」

「ぶつけないよ。交通安全守も買ったもの」

「ああ、なんとかの命(みこと)があるから、家内安全は要らなかったかな」

十字路で右折待ちをしながら父がぼそりとつぶやく。

「あいつ、どうしちゃったかな」

助手席の姉も、わたしも、黙っていた。

「家の中で虫殺すなとかうるせえし、おまえらのことだって急に『さん』付けで呼んだりして」

やんでいた雪がまたちらつき始め、父がワイパーをＯＮにする。人間の腕のようにワイパーは動き、フロントガラスの雪をかき集めては窓の下部へ押しやる。

「俺はよ、運の良さも悪さも自分で引き受けたいって思うんだよな。いいことは神様のおかげ、悪いことは祈りがたりないからってのはよ、なんていうか……なんだろな」

「……なんか、違うよね」

助手席でマフラーの先端をねじっていた姉がぼそりと同意した。

車窓から白い世界を眺めながら、わたしはもうひとつのことを考え始める。さっき、拝殿前に並ぶ列に交じって同世代のカップルがいた。ひとりははっちゃんで、もうひとりは青いメッシュの入った髪をちょんまげに結っていた。

気分を変えるためなのだろう、「ちょっとドライブして行くかあ」と父が提案した。

自宅のある住宅街へ続く一般道へ入らずに県道を走り続け、工場がひしめくエリアに入ってゆく。以前何かの折に通ったときはもくもくと黒煙を吹き出していた煙突もダクトの入り組んだ建物も、年始とあってしんと静まり返っている。

「前にもこんなふうにドライブしたよね、ずーっと前」

姉が子どものようにはしゃいだ声を上げる。

「え、いつだ？」

「ほらほら、昔、親子キャンプの帰りにさあ」

「ドライブはしょっちゅうしてたからなあ」

親子キャンプと聞いて、わたしは何かを思いだしそうになった。けれど小さな思い出のかけらはすぐに記憶の海に落ちて、見えなくなってしまった。

帰宅すると年賀状が届いていて、母がテーブルの上で宛名別に選り分けているところだった。四つの山の中でもっとも高いのは、仕事の関係者が多い父宛てのものだろう。

「やだ、年賀状もう来てるっ」

姉がテーブルに飛びついた。

「美代子さん、先にうがいくらいしなさい」

「あたし宛てって、これで全部？」

「ちょっと待って……うん、あとは全部お父さんだね」

「そう」

自分宛ての数枚の年賀状を抱えて、姉はコートも脱がずに階段を駆け上がった。誰かからの年賀状を待っていたのだろうか、ものすごい勢いだった。わたし宛てには六通届いていて、文芸部の仲間と中学のとき塾でできた友達からだった。

そこで、はっとした。結局、あのままれいちゃんにメールを返していない。

鞄から取り出した金属の塊は冷えきっていた。そのボタンに手をかけ、少しだけためらったあと、指を動かす。寿美子さんも手を洗いなさい、と背後から母の声がする。

『明けましておめでとう。今年もよろしくね』

結局、新年最初の送信メールもれいちゃんになった。

ああそうだ。友達と必要な距離を保てますように、くらい祈ればよかった。


予鈴が鳴るまで待ち遠しい日々が来るなんて思わなかった。

麻紀がまたしても佐藤さんや大高さんグループに交ざってファッション談議に花を咲かせている昼休み、自分の席でもう何度も読み返した『海鳴り』のバックナンバーを開きながら、早く五時限目が始まるのを祈るように待っていた。

期末考査が終わり、二年生の日々も終わりに近づきつつある。それは麻紀とクラスメイトでいられる時間の終焉を指してもいるわけなのに、彼女のほうにそんな感傷はないようだ。

ダイエットで結果を出した麻紀は、以前とは体のシルエットがずいぶん変わっている。肩幅が締まり、手首や足首は折れそうなほどほっそりしている。前はどこか無理しているように思えたメイクも、研究の賜物なのか、わりと似合っているように感じられる。最近ではこっそり色つきリップを塗って登校していることをわたしは知っている（「リップじゃなくてグロスだよ」と訂正されたけれど、わたしには違いがよくわからない）。

最近は一緒にいても「すみちゃん、頭、アホ毛が目立つよ。ちゃんとワックス使わないと」だの、「やっぱりリップくらい塗ったほうがいいんじゃない？　よかったらあたしのあげようか？」だの、美容や化粧品に関することばかりだ。

先週訪れた彼女の部屋では頰にセロファンテープを貼りつけられ、付着した皮脂の跡を見ながら「あ、キメは比較的整ってるね。でももっと菱形に近いのが理想的なんだよ」などとレクチャーされた。

気づけば授業中にメモを回してくれることもいつのまにかなくなった。麻紀の描くユニークなイラストを、もう長いこと見ていない気がする。このうっすらとした疎外感は、絶対に気のせいではない。重力に逆らって巻き上げられた睫毛にも、色つきリップだかグロスだかをなじませるために唇を内側に巻きこむ仕草にも、静かな拒絶の気配がある。

いっそのこと、もう早く三年生になりたい。最近は切実にそう思うようになった。

麻紀の変化だけではない何かが、わたしを居心地悪くさせていた。ずっと気づかないふりをしていただけかもしれない。自分が明らかに、このクラスで少し浮いていることを。

子どもの頃から敏捷性(びんしょうせい)には欠けていたし、美貌もファッションセンスもなかった。同じ制服に身を包んでいても、同じ校則で自分を律していても、みんなはわたしよりずっと垢抜けているような気がする。活発に動き、笑い、のびのびとふるまい、思ったことをためらいなく口にする権利を有している。そんな人たちと接するとき、わたしはかすかに萎縮している。相手の顔色を見、感情を溜めこむ癖がついている。全身の毛穴から負のオーラが放たれているような気がする。

もしかしたら、それを感じとって麻紀もわたしから少しずつ離れようとしているのだろうか。そう考えると心臓をきゅっと握られたような気分になる。きゃははは、とクラスのあちこちから漏れる笑い声が、自分を嘲笑っているように感じられる。気持ちがどんどん内向きになってくる。

同じ教室にいてもわたしを寂しくさせるくらいなら、欠席してくれたほうがまだましだ。そんな考えに至って、ぞっとする。

すべては自分が無力な存在であるせいだ。肩から力を抜くことができず、背を丸め、瞳から輝きを失っているであろう今の自分。花いちもんめで弾かれていたあの頃から実は何も変わっていなかったのかもしれない自分——。

「ごめん、ちょっといいかな」

自分が粒子のように目に見えない存在になって空気中に浮遊しているような感覚の中にいたので、そのひと声で急に体の中に意識が引き戻されたような気がした。

目線を上げると、尾崎さんのそばかすだらけの顔があった。

「ごめんね、集中してたのに」

「ううん平気」

そうか、普通に集中して読んでいるように見えたのか。それならよかったとずれた安堵を覚える。

先日まで尾崎さんと前後していた席は今は離れているので、至近距離で話すのは久しぶりだった。いつかれいちゃんが評したそのシャープな顎については意識しないようにした。

「沢田さんってさ、放課後とか土日とかって空いてたりしない？」

その切り口で、もう話の意図がわかってしまった。思わず身を硬くする。

「え、えっと」

「知ってると思うけど、聖母会ってあるじゃない」

「うん」

知らないはずないじゃない。

「わたしね、来年度、部長になるの。それでね、もっと部員を増やせればいいなって思ってるんだ」

「はあ……」

「沢田さんって文芸部だったよね。試合とかもないじゃない。ぽこっと空いてる放課後とかないかな？」

ぽこっと、という部分を弾けるように発音して尾崎さんは続ける。その目にらんらんと光が宿っている。獲物を見つけた獣の目。

「え、いや……」

「聖母会は他の部活と掛け持ちＯＫだから、そのあたりは心配いらないよ」

まだなんともリアクションしていないのに尾崎さんは話を進め、わたしの前の席の椅子を引き寄せてこちら向きに座ってしまう。よくうちに来る保険や乳製品のセールスの人みたいな勢いだ。

そういえば最近、彼女に対するくすくす笑いは起こっていない。ハブろうなんて話も、どこからも聞こえてこない。その意志の強さや威風堂々たるふるまいが、幼稚な蔑みを吹き飛ばしたのだろうか。

「それにさあ」

今度はいきなりウィスパーボイスになった。手の甲を丸めて口の横に添え、内緒話をする構えになる。やむを得ず彼女のほうに片耳を向ける形で頭を近づけると、うちのものとは違うシャンプーの香りがかすかに鼻先をかすめた。

「内申点、上がるよ」

え、と思わず声が出たのは、その情報に驚いたからではない。尾崎さんにもそんな打算的な気持ちがあるというのがあまりに意外だったからだ。他の部員については知らないけれど、少なくとも尾崎さんについては100パーセント慈善の心で活動しているのだと思っていた。

「ね？」

わたしの反応の意味を取り違えている顔で、尾崎さんは満足げにうなずいてみせる。

きゃーっという悲鳴にも似た甲高い笑い声が上がった。教室の中央で雑誌をめくりながら盛り上がっている佐藤さんや麻紀たちの声だった。

「沢田さんはああいう軽率な人たちと違うと思ったからさ」

彼女たちのほうに視線をやり、声もひそめずに尾崎さんは言う。尾崎さんがはっきりと誰かに対しネガティブな発言をする姿を見るのは初めてだった。

学級委員長としてクラスの雑務を引き受けているこの人のことを、自分は長いこと誤解していたのかもしれない。いつかの佐藤さんとのはらはらするやりとりを思えば特に意外な発言ではないけれど、仮に悪感情を抱いたとしてもそれを人前で見せない人だろうと勝手に思いこんでいた。

「軽率な人……」

一日ぶりに声を発するような心地で、わたしはようやく口を開く。墨汁みたいに真っ黒な尾崎さんの髪は、あちこちにヘアピンを留めて固定された不思議なヘアスタイルに仕上がっている。

「そうだよ。ファッション雑誌は校則にある『その他、学業に関係ないもの』に抵触するはず。小松先生はゆるいから目をつぶってるみたいだけど」

「抵触するのかな」

「するよ」

「……わかんないけど、麻紀は軽率な子じゃないから」

尾崎さんはわずかにわたしから体を離した。

「だから悪く言わないで、ほしい……と思う」

面と向かって誰かを難じるのは、いったいいつ以来のことだろう。

自分はきっと、相手を選んで怒っている。そんな自覚があった。れいちゃんにも、温香にも、母にも、姉にも、こんなふうに反発することはできない。怒りも不満も飲みこんで自分の中の暗い沼に落とし、忘れようと努めてしまう。

それはきっととてもずるいことだ。自分は心のどこかで尾崎さんを軽んじているからこそ、こんなふうに発露できるのだ。

たとえ麻紀が自分から離れたとしても、尾崎さんに搦めとられることは望んでいない。内申点のために慈善活動なんてしない。そこまで自分を誰かに明け渡すことはできない。

そして尾崎さんも、いつかのように顔を赤らめたりしない。わたしのことを少なくとも佐藤さんよりは小さな存在として見ているから。だからこそ、こうして気安く聖母会の勧誘などかけてくるのだ。

「寿美子さーん」

背後からわたしを呼ぶ声がした。首をひねるまでもなく、れいちゃんとわかった。姿が見えないと思っていたら、テニス部のミーティングがあったらしい。胸元に抱えたプリントに「聖永テニス部」の文字が見える。一緒に移動して戻ってきたらしい温香が「だる〜」と言いながら自分の席のほうへ向かってゆく。

「それ、おもしろかったよ。寿美子さんのやつ」

わたしの手元に視線を注ぎながら、れいちゃんはいつもより厚みのある声で言う。

「……え、『海鳴り』読んでくれたの?」

「うん。サロメがなんとかいうやつ。兄を誘惑するところがおもしろかった」

小学生の読書感想文のようなフレーズが、今のわたしには実際の意味以上に響いた。れいちゃんはわたしと対峙する尾崎さんをちらちら見遣っていて、何かしらの意味を持って割りこんできたのだろう。尾崎さんとのやりとりを、どこから聞いていたのだろうか。

「うーんと、なんかごめんね」

尾崎さんが気まずそうに腰を浮かせたところで、待ちかねていた予鈴が鳴った。

「ごめんごめん沢田さん、さっきのはいったん忘れて。検討してみて、もし気が向いたら教えて。それとさ、畠山さん」

取り繕ったような笑みを浮かべて座っていた椅子を元に戻しながら、尾崎さんは首の角度を変えてれいちゃんの視線をとらえた。

「授業中とかホームルーム中に、あんまり手紙回さないでね。特にお菓子とか入れちゃだめだよ」

えっ。

悠然と微笑み、尾崎さんは今度こそ教室の前の扉近くにある自分の席へ戻ってゆく。

尾崎さん、気づいてたんだ。指先に小さな震えが走る。ここにはない苺飴の香りが鼻の奥に再現される。あの日の帰宅後、溶けて鞄の底にへばりついた苺飴の赤いしみと特徴的なにおいを落とすのは簡単ではなかった。

授業中に手紙を回すのはほどほどにね——小松先生の言葉が蘇る。指定校推薦にはおそらくぎりぎりだったのであろう自分の評定平均を思うと、背中がスッと寒くなる。尾崎さん、先生に言わないでいてくれたんだ。

着席する尾崎さんの姿を、れいちゃんは口元をかすかに歪めたまま見送った。自分の席へ向かうその表情からは、心に余裕がないことがわかる。れいちゃんの専売特許である不穏な笑みが先程はどうやらわたしのために使われたものであるらしいとわかっても、自分がどんな感情になっていいのかわからなかった。

麻紀が自席へ戻る前にわたしのところへ寄ってくれるのではないかという淡い期待は砕かれた。「化学基礎」の教科書を机から引っぱり出しながら、諦めが質量を持って胸に広がってゆくのを感じる。そこにさっきのれいちゃんの言葉が被さってゆく。

——それ、おもしろかったよ。寿美子さんのやつ。

十一月に文化祭で買ってくれたのだ、既に読んでくれていてあたりまえかもしれない。なんならもう今週には二月号が出るのだ。十月号の感想を今初めて伝えられるのなんて、遅いくらいだ。

それでも、感想自体は率直に嬉しかった。もしかしたらわたしを助ける意図だったのかな。なぜ今になって言うのだろう。わたしの創作物すべてを「黒歴史」と断じるわけじゃないんだな。

——尾崎さんのことハブろうって話があるみたい。

真偽のわからないあの言葉。あれが未遂に終わったことが、れいちゃんの中でくすぶっていたのかな。わたしを助けようというより、尾崎さんに何かあてつけのようなことをしたかったのだろうか。

三年生で私立文系志望に特化した授業編成になったら二度と受けることのない化学の授業をぼんやりと聞きながら、未整理の感情の多さを思ってしばし、途方に暮れた。ひとつだけわかるのは、今も昔も自分がれいちゃんの言動に振り回され、消耗させられていることだけだった。

「レトリックとか飾り物ではない感情が芯にあるというか、抑制が利いているぶんすごく切実な感じがしました」

富樫先輩の詩「ドゥブロヴニクに行こうよ」を、菅原さんは手放しで褒めた。細かい意識への執着がおもしろかった、心情と場面を相対化する余裕もよかった、と勢いこんで続けている。

「ずいぶん甘口じゃない？　最後だからって遠慮しなくていいんだよ」

先輩がおかしそうに口元を緩めて言うと、菅原さんは一瞬呼吸を止めたような顔になり、

「じゃあ一点だけ……起伏やうねりといったものを排除して、緊迫した感情を抑えて淡々といるのだろうけど、もう少し振れ幅がほしかったのが正直なところです」

と早口で言った。先輩は褒められたときよりも嬉しそうな顔になった。その頰の笑窪を網膜に焼きつけんばかりに見つめてしまう。

「心や肉体の輪郭をひとつひとつ確かめながら自分というものを発見してゆく、その過程が見えるようで、本当に好きでした」

わたしも心からの言葉を先輩に捧げた。

卒業式を目前に控え、この四人で行われる最後の合評会となった。一秒一秒が貴重に感じられて、何気ないやりとりさえ涙が出るほど愛おしく感じる。

富樫先輩はこの春、山梨県の公立大学に進学する。周囲にほとんど商業施設のない町だそうで、学生寮に入るらしい。「下手したらこのへんより人口密度が低そうだよ、でもそのぶん寮には何もかもがあるんだって」と夢見る目つきで語っていた。

「ぶっちゃけわたし、最初は詩とかあんまり興味なくて、なんのために存在するんだろうって感じるくらいだったんですけど」

わたしの言葉の末尾を引き取るように、成田さんが続ける。いつのまにかまとめのような流れになっている。

「でも部長の詩を読んでるうちに、短いフレーズで表現するからこそ伝わる言葉の質量とか、ポエジーとか、独特の世界観とか、そういうのいいなって」

言葉がぷつんと途切れた。

「……思うように、なって……」

成田さんは顔を覆って泣いていた。

富樫先輩と過ごした時間がわたしたちより一年分短い成田さんが先に泣くなんて、なんだかずるい。そんな子どもっぽい感情が湧きあがり、わたしは小さくうろたえる。

「……それで自分でも詩集とか買うように、なっ、なって」

「ちょっとちょっと、卒業式はまだだよ。まだ一か月もあるんだよ」

富樫先輩が成田さんの背中をやさしくさする。逆にそれに刺激されたかのように、成田さんはいっそう激しく肩を震わせ始めた。

「成田さんも来月から先輩だね」

「新入部員がちゃんと入ってくれたらの話ですけどね」

混ぜっ返すようなことを言う菅原さんも既に涙声で、それに反応したのかとうとう先輩の頬にも透明な雫が伝った。

その美しい光景を、完全に乗り遅れてしまったわたしは部外者のように見ていた。それでも、涙だけが悲しみのバロメーターだとは思わない。先輩への感謝や失われゆく時間を惜しむ気持ちの大きさは負けない。胸の中から取り出してお見せしたいくらいだ。

「そしたら次は、新部長の評論に移りましょうか」

ずっ、と洟をすすって富樫先輩が笑った。菅原さんが、ぐしゃっと泣き笑いのような表情になる。

新年度からは菅原さんが部長で、わたしは副部長だ。富樫先輩に「わたしには決められないから」と言われてじゃんけんで決定した。実務的な意味では、やることの分量にほとんど差異はないらしい。

てっきり負けたほうが部長かと思いきや、勝った菅原さんが「自分の器じゃないかもしれないけど、よろしくお願いします」と頭を下げたので、そういうことになった。内申点のためには副部長より部長のほうがよかったのかもしれないと少し遅れて気がついた。

菅原さんが『海鳴り』二月号に寄せた「志賀直哉に挑んだ太宰治、太宰治に挑んだ三島由紀夫」という直球の近代文学評論を、わたしたちはいくぶんメランコリックな気持ちを引きずったまま合評した。成田さんは、さっき流した涙で失われた水分を補うようにスポーツドリンクをがぶがぶ飲んだ。

じじっ。部室の隅に並べられた鞄のどれかで、携帯電話が振動した。短いから、メールだろう。特に誰も言及せずに合評会は続けられた。この一年で「評論についての評論」にもすっかり慣れた成田さんが発言している。

「三島の文体の変遷についての分析は見事だし、的確だと思います。でも『人間失格』と『仮面の告白』ってここまできれいに対照的でしょうか？　ツネ子と園子はたしかにわかりやすい例かもしれませんけど、絵画のくだりとかはそこまで」

じじっ。再び振動が響いた。

「誰かメール来てるみたいだけど平気？」

富樫先輩が言った。

なんとなく、自分宛てだという確信があった。すみませんと断って腰を浮かせ、鞄を確認しにゆく。

中から取り出したシルバーグレーの端末は、メール受信を知らせる緑色のランプを小さく明滅させていた。成田さんの評の言葉を聞きながらふたつ折りをぱちりと開く。「新着メール　2件」。受信ＢＯＸに飛ぶと、「畠山怜子」の名前があった。

『速報！　真奈さん別れたんだって！』

『真奈さんの彼氏浮気してたんだって！　うけるよね(^^)』

「……ちっともうけない」

隠せない苛立ちが口からこぼれ落ちる。大切で尊い時間にヒビを入れられた気分だった。肺に溜まった重い溜息が鼻から出てゆく。

どうして。どうして、またれいちゃんなの。どうしていつもいつも、わたしの心の庭に無遠慮に入ってくるの。

三人が気づかわしげにこちらを見ているのに気づき、慌てて表情を切り替える。脱力しそうな膝の裏に力をこめる。

もう、耐えられないかもしれないな。わたしは、この感情と共存できない。

三島が太宰がと言い合っている仲間たちのところへ戻る前に、わたしはすばやく指を動かして携帯の画面に文字を打ちこんだ。

『知ってるよ』

何がそんなに楽しいの？　と続けて書こうとして、結局やめた。それがれいちゃんへの気遣いなのか、これまでどおり面倒を回避しているだけなのか、自分のことなのにどうしてもわからなかった。送信ボタンは押さずに、雑なしぐさで携帯を鞄の中にしまいこんだ。

押し入れの中段に片足を乗せ、力をかけて伸びあがる。神棚が目の前に来ると、敬虔さとは少し違うけれど、気持ちがわずかに引き締まった。榊、水と酒の入った器、そして高丘宝天命の御神体。

わずかなスペースに置かれているろうそくの詰まったケースを手に取り、ミニサイズのろうそくを一本引き抜く。小さな金色の燭台にろうそくを立てると、マッチを手に取った。体を押し入れの縁にもたれさせてうまく体重を預けながら、マッチを擦る。空気が乾燥しているせいか、一度でマッチにぽわりと火が灯った。その火をろうそくの先端に移す。白い煙が薄く漂い、溶けだした蠟のかすかに甘いにおいが漂う。

「ありがとうね、寿美子さん」

母に礼を言われて落ち着かない気分になる。あーうん、とわざとぞんざいに返事をしながら、両親の寝室になっている和室を抜けてダイニングへ向かう。ぱん、ぱん！　母が手を打つ乾いた音が響く。いつものように神棚の下で正座せず、ダイニングチェアーを一脚そちら側へ向けて座り、その体勢で祈りを捧げている。

母がぎっくり腰になったのは一昨日のことで、朝夕六時のお祈りのたびにわたしは神棚のろうそくに火をつけるのを頼まれていた。朝は水と酒の入れ替えも行う。料理以外はあまり自主的に家事をやらない姉も、風呂掃除や食器洗いを買って出ている。

いつも利用している近所のスーパーマーケットで、荷物をまとめる台の上にカゴがいくつも置きっぱなしになっていたのだと母は語った。それらを自分の使ったカゴと一緒に片づけるべく、まとめて出入り口にあるラックにがしゃんと積み重ねた瞬間、腰の中でぐぎりと音がしてその姿勢のまま動けなくなったのだという。

「これも千倫斎様の仰っていた試練なのよね。健康なままでは見えない世界っていうのがきっとあるから」

つらそうに顔を歪めながらも、母はそんなことを言う。

本当にそうだろうか。わたしの中でまた、疑問がゆらりと立ち上がる。そのロジックでいくと、難病に苦しむ人や交通事故や災害で怪我をした人も視野を広げるための試練を受けているということになるけれど、いいのだろうか。

そもそも母が入信したきっかけにはわたしの謎の発疹も含まれていたはずだけれど、それも試練なのだとしたら因果関係がおかしい。それに、善意で他人の散らかしたカゴを片づけた行為の代償として腰痛が与えられるのはどう考えても理不尽だ。

でも、本人が納得しているならそれでいいのかもしれない。最近はそんな諦めの混じった気持ちになってきた。

入信前、母にはきっと生きがいのようなものはなかった。家事と育児以外に専念しているものはなく、大きな決断は夫に委ねるようなタイプだった。趣味と実益を兼ねて庭で野菜やハーブを育てているほかは、夢中になれるものや家庭の外での楽しみを持たない主婦だった。少なくとも、わたしにはそんなふうに見えていた。

高丘宝天神示教会と出会ってからの母は、いきいきしている。自分で選びとり実行する喜びに満ちている。その目がどこか現実を見ていないような気がして不安になることもあるけれど。以前はたびたび我が家を訪ねてきていた母の旧友も、そういえば入信した頃からぱったりと来なくなったけれど。

「指定校推薦のこと感謝してますってちゃんと伝えておいたからね」

五分近くに及ぶお祈りを終え、こちらへ向き直った母が言う。

「ほんとはあんたも入信して、ちゃんと最後まで見守ってくださいってお祈りするのがいちばんなんだけどねえ」

それを言われるたび、わたしの胸は庭に群生するミントのようにざわつき始める。

運の良さも悪さも自分で引き受けたい。そう言っていた父を思いだす。いいことは神様のおかげ、悪いことは祈りがたりないからというのは違うと、わたしも思う。

きっと、自分で思考することをやめてしまった人が、新興宗教に傾倒するのかもしれない。それはだめなこととか悪いこととは言いきれなくて、でも周囲の人間にまで適用されると齟齬が生じる。人をうんざりさせるものが悪意に由来するとは限らない。

そんな気持ちを母に伝えられないまま、開けっ放しだったカーテンを閉めた。レールに取り付けられた金具が磁力でかちゃっと合わさる感覚に、気分を切り替えようと思う。

窓の前に置かれたアフリカスミレが薄く埃をかぶっている。

晴れてはいるけれど、向かい風が強い。いつもより脚に力をこめないと、自転車はなかなか進まない。

隣を走るれいちゃんは、さほど苦しそうな様子もなくペダルを漕いでいる。小柄で儚げな彼女だけれど、テニス部で脚力が鍛えられているのだろう。運動部と文化部の違いを見せつけられているような気がする。

年度の終わるぎりぎりになってようやく通学路の雪が融け、自転車通学を再開した。と言っても依然として雪や雨の降る日もあるため、様子を見ながら少しずつという感じだ。

埃っぽい倉庫から取り出して久しぶりに乗った自転車は、機構のどこかが錆(さ)びついているような音がした。たぶんオイルを差さなければならない。春休みには父が帰省すると言っていたから、そのときにやってもらおう。わたしは心の隅にメモをする。

そして、この人間関係にも潤滑油を差さないとな。他人の噂話をとめどなく話し続ける友人を見ながら、ぼんやりと考える。

「真奈さんがね、なんかまた荒れちゃったらしいよ。また出会い系に手を出したんだって。温香さんが言ってた。あ、温香さんもね、彼氏とあんまりうまくいってないみたい」

「らしい」や「みたい」で終わる情報源の不確かな話題を延々と披露するれいちゃんが、なんだか急に自分の知らない国からやってきた人のように思えた。こんなのいつものことなのに、今日は感情の濾過装置がうまく機能してくれない。

そうだ、小学校時代にはこんなこともあった。

五年生になると再びクラスは離れて、放課後一緒に帰るため、れいちゃんのクラスへわたしが迎えに行くのが常だった。れいちゃんはたいてい自分のクラスの子たちとお喋りに興じていて、わたしが行くと無感動な顔で腰を上げた。わたしが戸口に立っているのを明らかに認識しているのに、そのまましばらく喋り続けることもあった。

あるときれいちゃんが彼女のクラスにおらず、わたしは教室をひとつずつ覗いて回った。いちばん端の五組までできてようやく見つけたれいちゃんは、三・四年生のとき同じクラスだった女子数人と輪になって話しこんでいた。

れいちゃん。遠慮がちに声をかけると、れいちゃんはちらりとこちらを一瞥し、すぐに輪の中に顔を戻した。お喋りの声は先程よりもひそめられ、くすくす笑いが聞こえた。

わたしが来てからたっぷり二分ほど経ってから、れいちゃんはようやく腰かけていた誰かの机から降りた。ランドセルを背負い、みんなのほうをふりかえりふりかえりしながら歩いてくる。わたしのところまで来ると最後にまたふりかえり、にやにやと意味ありげな笑いを浮かべていた。

「なに話してたの?」

さすがに気になって、昇降口へ着く前にたずねた。にやにやしたまれいちゃんは答えた。

「うんとね、みんな寿美子さんのこと嫌いなんだって」

——がくん。

思考が過去を旅していたのがいけなかった。

異物に車輪をとられたことを一瞬で理解した。体が浮く嫌な感覚があって、わたしは自転車ごと勢いよく転倒した。

がしゃん。

縁石をうまく避けきれずにぶつかったのだ。状況を把握したときには、硬く冷たいアスファルトの上に体が投げ出されていた。

「いっ……た」

左膝のタイツが裂け、流血している。これは擦りむいただけではないようだ。痛みは鋭く激しくて、こめかみに脂汗がにじんでくる。

すぐ脇を車が走り抜けてゆく。スカートの中も丸出しの情けない体勢で転がっていたわたしは慌てて起き上がり、膝から血を流したまま歩道側に体と自転車を入れた。ずきんずきんと音がしそうなほど膝の表面が痛い。よく見れば手首や右膝も汚れ、擦りむいている。

スカートの汚れを払いながらなんとか自転車を起こした。さっきまで並走していたれいちゃんの姿がない。

数メートル先で、れいちゃんは自転車にまたがったまま、冷ややかな顔でこちらを見下ろしていた。


「いいお天気ねえ」

先生はがらがらと窓を開けた。まだたっぷりと冷気を含んだ春風が保健室に吹きこみ、カーテンが巻きあがる。先生の白衣の背中もぼわりと膨らんだ。

「雪が完全に融けたらスキーシーズンも終わりねえ。残念」

え、ちょっと、今それどころじゃないんですけど先生、痛いんですけど。

膝の皮膚はめくれあがり、流れた血が固まって黒っぽくなっている。緩慢な仕草で救急箱を取り出す白髪頭の養護教諭を恨めしく見つめた。

朝一で飛びこんだ保健室には薬品のにおいが満ち、もう朝のホームルームのチャイムが鳴り響いている。

大丈夫だろうか、この先生。早く手当してくれないと傷が痕になって残っちゃうんじゃないの、これ。

転んだのは学校と家とのちょうど中間地点くらいだったので、わたしは少し迷ってなんとかそのまま登校することを選んだ。ペダルを漕ぐたび膝がずきんずきんと痛み、こめかみに冷や汗が流れた。

れいちゃんはたったひとこと「大丈夫？」と声をかけてきただけで、表情もスピードも変えず学校まで走った。

あの冷ややかな顔を思いだすだけで、心が負傷した膝よりも痛む。

わたしはいったい彼女に何を期待していたのだろう。幼なじみとして無邪気に遊んだたくさんの時間。ときどきくれるあの苺飴。一緒にムクを撫でまわすひととき。たわいもない会話。すべて、すべてが虚しい。

もしかしたら、あの苺飴には毒があるのかな。怪我の痛みのせいか、愚にもつかない考えが脳裏に浮かぶ。こんなにも不満を溜めこみながら「友達」をやってこられたのは、ときどき供給される毒のせいで正常な思考が麻痺していたからかもしれない。

「スキーもねえ、危ないのよねえ。最近はほら、スノーボードの人たちとぶつかりそうになることが多くて」

ピンセットでつまんだ脱脂綿でわたしの膝を消毒しながら、先生はなおものんびりと雑談を続ける。少しでも緊迫感が伝わるよう「痛いです、痛い」と小さく口にするも、その耳にはまるで届いていないようで歯がゆい。

足首を捻ったりはしていないようで、とりあえずその点は安心した。でも体育の授業は休むことになる。家に帰るほどではないけれど、活発に動くことなどとても無理だ。チーム対抗バスケットボールなんて、みんなの足を引っ張るだけだ。

包帯の下のガーゼには血だけではなく黄色い膿のようなものが染みだしていて、ひどく気を滅入らせる。これからしばらくの間、毎日自分でケアしなければならないのだろう。

養護教諭が包帯で膝を包むようにぐるぐる巻いてくれたのではからずもかなり痛々しさが強調され、小松先生も体育の相原(あいはら)先生も同情的な態度で接してくれた。見学でもいいし保健室で横になっていてもいい、教室で休んでいてもいいという。

そんな柔軟な対応をしてもらったことは生理痛のときはなかった。相原先生は男性だから、もしかしたら生理痛の苦しさを理解していないどころか仮病だと疑っていたのかもしれない。そう考えると複雑な気分になる。

あの呑気な養護教諭とまた顔を合わせるのは気が進まないけれど、保健室に戻って横にならせてもらおう。ガーゼも取り替えてもらいたいし。

そう思ったとき、今朝思いだしたばかりのれいちゃんの言葉がまた蘇った。

——みんな寿美子さんのこと嫌いなんだって。

ひらめくものがあって、わたしは教室で休んでいることを選択した。

無人の教室に戻り、内側から扉を閉める。カーテンも閉めてしまいたい気持ちを押しとどめる。

教壇に立ってみる。みんなの気配が色濃く残っている気がした。それぞれの机の上に脱いだ制服が置かれているから、ことさらにそう感じるのかもしれない。これから自分がしようとしていることが、声なきものたちに見張られているような。

音楽室から漏れる合唱と、グラウンドに響く何かの試合のどよめきを聞いていると、今たったひとりで行動することが許されているという事実に全能感のようなものを覚えた。

怪我した左膝をかばいながら、かがみこんで教卓の内側を見る。

先端が釣り針のように曲がったフック付きのネジが、手前右側の脚部分に打ちこまれている。そこにぶら下げられた小さな鍵を外すと、指先が熱を持ったような気がした。

どうして先生はこんなわかりやすい場所を鍵の定位置にしたのだろう。他のクラスも同じなのだろうか。あまりにも不用心ではないだろうか。おかげでこんなことができてしまうわけだけど。

おかしなスイッチが入っている自覚はあった。今朝の彼女の、あの冷ややかな視線のせいで。あるいは、胃壁にこびりついた油料理の残滓（ざんし）のようなあの記憶のせいで。それとも——自分がこんなふうに動くことを、今まで心の中でシミュレーションしていなかったと言えるだろうか。

苺飴にもし毒があるとするなら、わたしは受け取ったその毒を使ってやる。後ろ暗い好奇心を満たすために。言語化できないもやもやの名前を探すために。

どきどきしながら教壇を下り、机と机の間を通り抜けて教室の後方へ向かう。自分の上履きが鳴らすぺたんぺたんという音がやけに大きく響いて聞こえた。

視線をさまよわせる。

——大丈夫。

みんなの鞄が突っこまれたロッカーの右端に置かれた金庫の扉に、小さな鍵をそっと差しこむ。分厚い扉がキィ、とかすかな音を立てて手前に開いた。

三十六人分の携帯電話やＰＨＳがぎっしりと詰めこまれ、暗がりに息を潜めている。大きなかごの上に小さなかごが載せられており、どちらも満杯だ。

——大丈夫、確かめるだけだから。いくらなんでも、れいちゃんがわたしに見せている以上の闇はないってことを。陰口を言っていることを本人に隠しもしないれいちゃんが、さらにわたしを貶めていることなどないってことを。

これからすることは、もしかしたら人生の中でもトップに入る悪事かもしれない。とんでもない罰が当たるかもしれない。そう思うのに、まったくためらいがないのが自分でもおかしかった。

れいちゃんの席は今窓側だから、先生が回収するかごのふたつめ、小ぶりなほうに入っているはずだ。

かごの中身を掘り返すまでもなく、れいちゃんの携帯電話はよく目立った。自転車と同じピンク色。女の子らしさの代表格のようなその色をためらいなく身に着けることができる、それだけでもう、彼女と自分とは住む世界が違うのではないだろうか。なのに、どうしてこんな状況に陥ってしまっているのだろうか。

かごを金庫に戻していったん鍵を閉め、端末を握りしめてその場にしゃがみこんだ。体の内側が全部心臓になってしまったようにばくばくと鼓動している。誰かが入ってきたら何の申し開きもできない。怪我したばかりの膝の痛みをもはや忘れている。

〝人の携帯を盗み見るなんてことやったら、人間として終わりだからね〟

いつかの姉の言葉が耳の奥に蘇る。けれど、心のダムが決壊してしまったわたしのこの衝動を抑制する力はなかった。どうして傷つき追いつめられている側にばかり、マナーやモラルが求められるのだろう、この世界は。

わたしの携帯の機種とメーカーが同じなので、操作方法は迷わなかった。電源ボタンを長押しする。立ち上がるまでの時間がひどく長く感じられた。メールのマークを押すと受送信履歴が現れた。

「送信済み」にカーソルを合わせる。宛先が「お母さん」「智宏（ともひろ）」「寿美子さん」のものは無視して、「温香さん」のメールを開く。タイトルは「Re:Re:Re:Re:Re:」となっていて全体が見えない。

最初に開いた温香宛てのメールはどうということもない、テニス部の練習試合についての確認事項だった。けれどさらに遡って開いてゆくと、「『マリア様の前でこんな話やめようよ』だって！　うけるよね」という文章が目に飛びこんできた。主語がなくても、誰の言葉についてなのかわからないはずはなかった。

もはや指先は機械的に動き、わたしは呼吸も忘れて次々にメールを読みこんでゆく。

ミサがあるたびに「寿美子さんの聖歌、声大きすぎ」と書かれていた。六月の修学旅行の直後には「夕食めちゃくちゃたくさん食べてたね〜」「さすがショーワ堂さん（笑）」というやりとりがあり、どうやらふたりの間で時折わたしのことを「ショーワ堂さん」と呼んでいるらしいことがわかった。理由は確認しなくても身に覚えがあった。

悪口の証拠を実際に目にしたら怒りが皮膚を突き破りそうになるかと予想していたけれど、意外にも心は冷静だった。むしろ安堵さえ覚えた。だってもう、「れいちゃんは陰でわたしの悪口を言っているかもしれない、でも違ったら自意識過剰で恥ずかしいし申し訳ない」などと悶々としなくて済むのだから。

ださくて、大食いで、ときどきまじめすぎて、他人とずれている。れいちゃんと温香の中で、わたしという人間はそのような評価がなされ、見下していい存在として扱われていた。だいたいそんなところだろうと見当をつけていた、その範囲から大きくずれてはいなかった。そのことに、やはりわたしは妙にほっとしていた。

はっきりと屈辱を感じたのは、温香以外の数名のクラスメイトとのやりとりにもわたしの悪口が出てきたことだった。その反応に濃淡はあるにせよ、れいちゃんがわたしの居場所を積極的に奪おうとしていることだけは伝わってきた。「寿美子さんのオンザ眉毛うけたよね（笑）」という文章もあった。

――この子は、なにがしたいのだろう。

この小さな液晶画面に向かって、このボタンを操作して、れいちゃんはわたしについての毒を撒き散らしているのだ。手の中のピンクの携帯電話がひどく忌まわしいものに感じられてくる。本当はずっと前からわかっていたことなのに。

弾みをつけて立ち上がると、左の膝がずきんと痛んだ。それでも俊敏に動いて、金庫の中に携帯を戻して施錠する。脚を引きずって教卓へ戻り、ロッカーの鍵を金属のフックに引っかけると、疲れがマグマのようにどっと押し寄せてきた。

第三章
彼女とキウイ

呼吸が楽だ。頭の中がふわふわふわと軽い。新しいクラスで最初に感じたのは、そんな解放感だった。

教室の中にれいちゃんの視線を感じない日々は、百年ぶりのような気がする。

三年生からは進路に応じたクラス割となる。聖永女子短大にエスカレーターで進む人、四年制大学や他大学へ進学する人、そして就職する人。一学年A組からJ組まである中で、国際コースのJ組を除いてきれいに三クラスずつに分けられている。

就職組のれいちゃんとは、当然ながらクラスが離れた。わたしはD組。れいちゃんはI組。麻紀も温香もみんな見事にばらばらになった。麻紀はいつのまにか美容系の専門学校を目指していて、最後に一緒に遊んだ日のメイクは過去いちばん濃いものだったけれど、彼女が熟練したのかわたしが見慣れたのか、もう何の違和感もなくなっていた。

尾崎さんが同じクラスになったのは意外だった。聖母会に入っている尾崎さんには聖永女子短大に進むイメージを勝手に持っていた。わたしと同様、東京の私大を目指しているという。

新しいクラスでも委員長に立候補し、聖母会でもばりばり活動し部長まで務め、自ら内申点がどうのと言っていた尾崎さんが推薦を狙っていないはずはないだろうな。相変わらず不思議な髪型をし、休み時間を使って何かの掲示物をせっせと作っている尾崎さんの丸まった背中を見ながら思う。

指定校推薦や公募推薦を狙う生徒は、合格が確実なものとなるまではそれを公にしないのが通例であるらしい。だからわたしもそれに倣うことにした。麻紀にすら伝えるタイミングを逃し、あえてそのままにしている。もちろんれいちゃんにも。

いずれにせよ、真剣に進学を目指す者ばかりのクラスは快適だった。これまでのように奇妙に親密な集団が形成されることもなく、休み時間は参考書を開いたり図書室へ行ったりと、それぞれの時間をひとりで過ごす人が多い。麻紀のように元から仲の良い誰かがいなくても何の支障もないのがありがたかった。

二年生のとき美術の授業で一緒だった「シンドウさん」が同じクラスになった。「シンドウさん」は進藤絵里さんだった。

出席番号が隣だったため、なんとなく一緒にお昼を食べることもある。あの誰かに迎合するような不思議な笑顔を見ることがなくなって、わたしは勝手に安堵していた。誰かが無理をしているのを見るのは、心の健康によくない。

朝の登校にも変化があった。雨天の日、姉が車で送ってくれるようになったのだ。

どんなやりとりがあったのか、年度の変わり目に短い帰省をした父が、姉にハッチバックの軽自動車を買い与えた。我が家にやってきたカフェオレ色の小ぶりな車は、こまわりがきき走行音が静かで、サバンナの草食動物を思わせるような一台だった。姉は本当はトマトのように真っ赤なボディーの車をほしがっていたけれど、「赤やピンクの車に乗っていると女性ドライバーであることがわかりやすいため、たちの悪いドライバーから嫌がらせをされることがある」という情報をインターネットで得て、直前で気持ちが変わったらしい。

それまでは父の古い国産車をたまに運転するくらいだった姉が、マイカーを手にしたとたん人が変わったように運転好きになった。天候にかかわらずハンドルを握りたがり、近距離を移動するにも車を使う。母の買い物もわたしの登下校も積極的にサポートするようになった。実際、姉の運転は素人目にもなかなか上手かった。

そして、その車に、なぜかれいちゃんは乗りたがらない。

「次に雨が降ったら姉が新車で送ってくれるって」と最初に伝えたとき、自転車で並走していたれいちゃんはしばしの沈黙ののちに「ああ……でも、いいや」と小さな声で答えた。「いいや」の意味の正確なところをわたしは確かめることができなかった。

それ以降、雨予報の日は朝のうちに『今日は車だね』と確認のメールが来る。そしてれいちゃんは冴子さんの車、わたしは姉の車で登校することになる。時間をずらしているのか、雨の車道に冴子さんの銀色の四駆を見かけることもほとんどない。

あれほど冴子さんの運転にお世話になったのだから、れいちゃんへの個人的な感情とは別に我が家の車を利用してほしいと思うのに、その機会は得られない。もしかして、わたしに恩を売られたくないとでも考えているのだろうか。

でも、それならそれでいいや。わたしは気持ちを切り替えた。

一緒に過ごす時間は少しでも少ないほうがいい。そのほうがいいのだ、れいちゃんとわたしは。適度な距離があったほうがいい。朝の通学と部活のない日の下校が一緒なだけで充分すぎるくらいなのだから。

「うぉい、携帯集めるぞ」

野太い声が教室に響く。

いささか憂鬱なことと言えば、担任が相原先生なことくらいだ。特段厳しいとか陰湿だとか目を付けられているとかいうわけではない。けれど、とても大雑把で無駄に力強い印象があり、わたしは以前から少し苦手だった。根性論や精神論を語ることが多く、繊細な話はあまり通じなそうだ。

携帯電話を回収したかごは、今年度もやはり教室後方にあるロッカーの端の金庫にしまわれる。その鍵は、相原先生が着用しているジャージのポケットにぞんざいに突っこまれる。四月のある日、先生が帰りのホームルームの前に臨時の職員会議に行ってしまい、携帯電話を返却してもらえるまでクラス全員帰るに帰れず、はらはら待ち続けるという事態が発生した。

そんな先生でも、男性であるというだけで生徒から人気があったりもするらしい。

休み時間の廊下や教室で、相原先生をつかまえて話しこんでいる生徒をよく見かける。ほとんどは別のクラスの子たちだけれど、他大学進学組であるうちのクラスでも何人か、決まった顔ぶれが積極的に教卓を囲んでいる。

漏れ聞こえるのはさして意味もなさそうな雑談ばかりだ。べたべたと腕や背中を触られたり、わざとぞんざいな言葉づかいで話しかけられたりして、相原先生はまんざらでもなさそうに鼻の下を伸ばしている。たしかまだぎりぎり四十歳には届いていないはずだけど、とは言えおじさんじゃないか、どこがいいんだろう、とだいぶ失礼なことを思いながら、頬を紅潮させて先生に絡んでいる同級生の脇をすり抜ける。

指定校推薦に向けての動きは水面下で続いていて、相原先生がそれを迂闊に同級生に漏らさないかだけが心配だったけれど、さすがにそこは大丈夫そうだった。三年生の担任になるのも初めてではないそうで、相原先生は受験についての知識を豊富に持っていた。

人気があると言えば、相原先生だけではなかった。

「ねえねえ、英語教えて」

「あっずるい！　王子、あたしに教えて」

女子数名が生垣のように取り囲んだ席に、浪岡さんの色素の薄いショートカットの髪の毛が見える。

目立とうとしなくても目立ってしまう人間がこの世にはいる。

浪岡さんの英語の発音はネイティブのようで耳に心地よく、英語の授業のたびにテキストの朗読で彼女があたることをわたしは心ひそかに楽しみにするようになった。

彼女が授業中積極的に発言したり、喜怒哀楽を露わにしているところを見たことがない。誰ともつるもうとしていない。けれど、休み時間はいつも誰かにつかまっている。「王子」などと呼ばれていることを本人がどう思っているのか知る手がかりはない。

自分とは違う世界に生きている人を距離を置いて眺めるのは、悪い気分ではなかった。自分の立ち位置を確認できるから。花いちもんめで真っ先に名指しされるようなタイプの人は、自分とは対極の存在だ。

五月のゴールデンウイークを過ぎ、仲のいいグループが少しずつでき始めても、わたしには行動をともにする特定の相手ができなかった。お昼はたいてい学食の隅でひとりで食べる。トイレも教室移動もひとりだ。

一度、視聴覚室へ歩いているときれいちゃんとすれ違った。新しいクラスの友人と歩いていたれいちゃんは、ひとりで歩くわたしをもの言いたげな顔で眺めた。前の週に一緒にムクを撫でに行ったばかりとは思えない、こちらを軽んじるような視線がわたしの顔や制服の上を移動した。

　きっとまた温香とのメールでネタにされるのだろう。それならそれでいいや、とわたしはれいちゃんの粘ついた視線を引き剝がすように前を向いて歩いた。


　新入部員がひとりの年とふたりの年が、交互に繰り返される。この文芸部にはそんなジンクスがあって、今年もそれに違わずふたりの一年生が入部してきた。

　先輩先輩とやたら人懐っこく絡んでくる山田さんは、山田杏子という名前を縮めて「やまももちゃん」と呼ばれている。かわいらしい名前や小柄な体形のイメージからは意外なことに、海外のハードボイルド小説が好きだという。『海鳴り』六月号には「未熟でお恥ずかしいですけど」とミステリー小説のようなものを寄稿した。

　もうひとりは打矢さんといい、短歌を詠む人だった。

人の営みからはじきだされてもきっとあなたを想い続ける
そのせりふどこか借り物めいてるね　まぶたの裏で翳りゆく庭

リビングの床に転がる25時撃ちとめられた獣のように

「歌人ですねえ」

菅原さんが感じ入ったようにつぶやく。入部して三年目、歌人の登場に立ち会うのは初めてで、わたしたちにはひどく新鮮に感じられた。

「連作っていうのかな？　こういうの」

「はい、連作です」

打矢さんは表情を変えずに早口で答える。知的で涼しげな目元が印象的な子で、感情の発露が淡いところがやまももちゃんとは対照的だった。

批評されている間は作者は基本的に無言を貫くことが不文律になってはいるものの、短歌に関しては知らないことが多すぎて、それぞれが評というより感想程度のものを漏らしたあとは質疑応答タイムとなった。

「えっと、この二句め……」

「『二首目』ですか？」

「ごめんごめん、二首目のええと、スペース空いてるのはこれは、意図的なんですかね？」

「そうです、一字空けです。視覚的効果を考えて意図的に空けてます」

「一行で書くんだね」

「そうです。やたらとぶつぶつ改行する人をよく見かけますけど、短歌を分かち書きするのは石川啄木（いしかわたくぼく）だけで充分と思ってます」

打てば響くように返ってくる答えが心地よくて、わたしたちは子どものように無邪気に質問を重ねた。

詩を寄せていた富樫先輩ならどんな感想を持っただろう。きっと短歌についても知識があったかもしれない。先輩のいた最後の合評会を思いだしたら、ちょっとセンチメンタルな気分になった。

「三月までいた先輩がさ、詩を詠む人だったんですよ。きっと私たちより短歌のこと詳しいかもしれない」

同じことを思っていたらしい菅原さんが一年生のふたりに話した。すかさず打矢さんが口を開く。

「あ、短詩系文学だからって一緒くたに考えないでくださいね。印象派とポップアートくらい住む世界が違いますから。私も散文詩のことは全然わかりませんし。もちろん人によりますが」

菅原さんに対してこんなふうにすぱっと言い返す人を初めて見たので、わたしは内心はらはらした。

「そうなんでしょうね。でも先輩、よく歌集読んでたりもしたから。葛原妙子とか好きだって言ってたし」

菅原さんは事もなげに言い返した。えっまじですか、と打矢さんの目が輝く。

「やまももちゃんのミステリーもよかったよ。尖らせた氷が証拠の残らない凶器になり得るかなんて考えたこともなかったなあ」

司会を務めた成田さんが全体のまとめを述べ始める。やまももちゃんがわかりやすく喜びを顔に浮かべた。

「昔からミステリーでよくあるネタなんですよ。それを自分なりに深めてみたかったんです。オマージュっていうか……」

「こんなに頼もしい一年生が入ってくれて、あらためて自分も頑張らなきゃって思っちゃう」

三月までは臙脂色だった成田さんの水色のリボンタイもさすがに見慣れてきた。もう六月、新しい学年がそれぞれの体に馴染んでいる。

部活のあと、駐輪場まで一緒だった打矢さんに話しかけられた。

「そういえば先輩、先週お誕生日だったんですよね」

「え、よく知ってるね」

「これ、先輩のお名前を折句にして詠んだ歌です。先輩お名前六文字なので、ちょっと無理やりですけど。十八歳おめでとうございます」

打矢さんはわたしに何やら紙切れを押しつけると、「じゃあ」とわたしの自宅とは反対方面へ走っていった。

冴え渡るワルツの音色抱きしめて隅に置かれた恋を忘れる
さえ**わ**たる**わ**る**つ**のねいろ**だ**きしめて**すみ**におかれた**こ**いをわすれる

一筆箋にブルーブラックのインクで書きつけてあった短歌を、夕陽の染めあげる駐輪場でわたしはしばらく反芻していた。自分の名前が呼ばれるまで。

「寿美子さん」

聞き慣れたはずのその声は、わたしをどきりとさせた。

「……あれ？　どうしたの」

「寿美子さん見かけたから一緒に帰ろうと思って」

夕陽を背にしてれいちゃんは笑った。

そうじゃなくて、なんでこの時間にここにいるの？　今日はれいちゃんも部活の日じゃなかったっけ？　訊きたい言葉を飲みこんで笑おうとしたけれど、口元が引きつってうまく笑顔が作れない。

冷たく硬質なピンクの携帯電話の感触が指先に蘇る。盗み見た画面の中に詰まっていた、たくさんの悪意。あれらの言葉を発信し常に持ち歩いているれいちゃんを、わたしはもう以前と同じようには見られないでいる。あれから一緒に登校していてもどこか気がそぞろなわたしに、れいちゃんは気づいているのだろうか。

国道沿いを走り、跨川橋を渡る。貴重な梅雨の晴れ間の一日が終わろうとしている。

今日は脳内の水槽の魚を活発に泳がせるままにしたかったのに。ペダルを漕ぎながら唇を噛む。

れいちゃんと話し始めると、脳内の魚たちは一瞬で消えてしまう。会話のキャッチボールとして成立していても、れいちゃんとの会話には何か潤いのようなものがたりないと思うことがある。言葉に奥行きがないとでも言うのだろうか。合評会の直後だと、ことさらものたりなさを強く感じてしまう。

わたしが他人との会話に期待しすぎているだけだということは、自覚しているつもりだ。

頭の中に水槽を持つ人間のほうが、圧倒的に少数派なのだろうから。言葉をくどくどと修飾しないほうが伝わることも、世の中にはあるのだろうから。

「あれ、あるよ」

信号待ちで、れいちゃんはわたしに笑みを向ける。こちらの返事も待たずに前かごの鞄に手をかけ、がさがさ言わせながら袋を取り出す。条件反射で唾液腺が刺激される。甘酸っぱさを受け入れる準備が整ってゆく。

なんかこれ、薬物の売買みたいだな。もちろんそんな現場を見たことはないけれど。ホームルーム中に苺飴を回されて困ったのがずいぶん前のことに感じられる。あのときこめかみに浮かんだ冷や汗を覚えているのに、口の中で溶けてゆく飴のおいしさは相変わらずわたしを魅了した。

「あそこ寄っちゃおうか」

山の稜線の上にもう日が落ちかけているというのに、れいちゃんはそんな提案をする。

「え、でもこんな時間だよ」

「まだ平気じゃない？」

「でもご迷惑じゃ……」

おいしすぎる苺飴のせいで判断力が低下したかのように、歯切れの悪い返事しかできない。わたしがぐずぐず迷っている間に、れいちゃんは跨川橋のたもとでハンドルを左に切った。

もとよりわたしに決定権などなかったのかもしれない。こちらが断れないことを知っているに違いないそのふるまいに辟易しながら、風で膨らむれいちゃんの制服の背中を自転車で追いかける。木立のざわめきを聞きながら猪俣家を目指す。

ムクはまたひとまわり大きくなった。ほうじ茶色のその毛の下に、むっちりと脂肪の層がついている。はっはっはっはっと細かく呼吸し、しっぽをばたつかせながらわたしたちにじゃれついてくる。

苺のにおいの息をムクに吐きかけて笑っていたれいちゃんが、庭にしゃがみこんだまま鞄の奥底に手を突っこみ、何かを取り出した。小さく畳まれたチェック柄のハンカチを厳かに開いてみせる。中からはアルミホイルの包みが、さらにその中から白い脱脂綿のようなものが出てくる。

「え、なになに」

「林檎の種」

たっぷりと水分を含んだまま保存されていたらしいそれはキッチンペーパーだろうか。その中から現れたのは黒っぽい小さな種だった。五粒ほどある。その中の二粒は既に発芽しており、もやしのような白いものが突き出ている。

「前にさあ、種をさ、乾かさなければいいって言われたじゃん？　調べたらなんか、濡らしたキッチンペーパーで包んで冷蔵庫に入れておくといいらしくって」

それで、冬に家庭で食べた林檎の種を適切に処置し、冷蔵保管しておいたらしい。れいちゃんが自分でそんなことを調べて実行に移し、しかも今日まで秘密を漏らさずにいることができたなんてあまりにも意外で、へえええ、と体の深いところから声が漏れた。

本当にやるのか、他人の庭で。もしかして今日は、これをわたしに見せたくて待っていたのか。納得しかけて、あのピンクの携帯の邪悪な文面が脳裏に現れる。あれらと対照的なピュアな内面を急に見せつけられても、正直困惑するばかりだ。

「蒔くならその辺にしとげ」

いつのまにか縁側の障子が開かれ、おばあさんが立っていた。そのしわしわの指先は、犬小屋の脇のほうを指差している。夕食を準備しているのだろう、室内から漂うだしの香りに、居心地の悪さを覚える。

「シャベルいるが」

「あ、はい」

土を掘るときのことまでは考えていなかったらしいれいちゃんが殊勝な顔をしている。

家の中に戻ったおばあさんは、ややあって錆びついたシャベルを手に戻ってきた。

雑草がいくらかまばらになっているエリアにれいちゃんがシャベルを突き立てた。何が始まったのかとムクが吠え立てる。その首元をやさしく押さえながら一緒に作業を見守る。

草の根が絡まる土をざくざくと掘り、五粒の種を間隔を空けて蒔いた。再び土をかぶせ、シャベルの背でぺたぺた叩いて均す。その作業は、金魚の死体を庭に埋めた幼い日のことを思い起こさせた。戯れに果物の種を植えたときはシャベルなど使わず、雑に手で土の中に押しこんだだけだったから。

「ちゃんと根付くかな」

「林檎、できるかな」

そんな簡単ではないだろうなと思いつつ、既に発芽している二粒を思うと少しだけ期待が膨らんでしまう。

「林檎だば十年もかがるよ。素人の手で受粉させるのはまず無理だ」

縁側に立ったままおばあさんが言った。

顔の筋肉はほぼ動いておらず、それでも彼女が笑っていることがわたしにはわかった。

人は恋愛をしないと生きられないものだろうか。そんなはずはないのだけれど。

休み時間、金沢温香が教室に現れたと思ったら、大声で名前を呼ばれた。傍らにはれいちゃんもいる。クラスが離れたはずのこのふたりが一緒にいるところを久しぶりに見た。だるいな。ふたりを認識した瞬間の、それが率直な感想だった。高校生活で初めて窓際の最後列になった席を立ち、のろのろと歩く。自分たちでわたしの席まで来ればいいのにと思いながら。

こちらがもう充分な距離まで近づいているというのに、温香はさかんに手招きをしている。ぐっと盛り上がった頰。唇には濃いめのピンクのカラーリップが塗りこまれていて、整容検査の日なら一発アウトだろうなと考えてしまう。ただ、意志の強い彼女自身をよく表している色味ではあった。つまりは、よく似合っていた。

「どうしたの」

「あのね、寿美子にしか頼めないの」

手招きしていた手を口の横に添え、耳打ちの仕草になった。仕方なく顔を近づける。

温香とは、小学校の頃から同じクラスになることが多かった。昔から、なんだかんだでわたしは気の強いこの子に逆らうことができない。ひどく情けない思いだった。そういえば、誰のことも気安く呼び捨てする彼女が、れいちゃんのことは「れいちゃん」と呼ぶ。

「なに」

「相原先生にメルアド訊いてくれない？」

耳打ちのわりには大きめの声量で言う。は？　と反射的に声が出てしまった。

「メールアドレス？　なんで？」

「しーっ、しーっ」

立てた人差し指を唇にあて、せわしなく視線を周囲に走らせて、温香は子どものように脚をばたつかせる。誰にも聞かれたくないのか、少しくらいは聞かれたいのか、よくわからない。れいちゃんはただ、無言でにやにやしている。

「え、個人用の携帯の、ってこと？」

「そう。それしかないじゃん」

愚問だとばかりに腕をばしんと叩かれる。だからなんで。訊き返したいのに、その勢いに気圧されて言葉が出てこない。

「個人的にメールしたいんだよね、相原先生と」

もはや声を潜めるでもなく温香は宣う。予鈴が鳴り始めた。

「じゃあ聞き取ったらあたしに教えて」

「え、ちょっと困る、無理」

拒否の言葉を発するだけでも自分にしては勇気が要ったのに、温香とれいちゃんはあっさり踵を返して自分の教室へ戻ろうとする。次の瞬間、教室に入ってこようとした誰かとぶつかってよろけた。

「あっごめん」

浪岡栞だった。背の高い彼女は、温香の腕をがしっと摑んで支えた。初めて対峙したのだろう、ああ、うん、と温香は急に呆けたような顔になって栞を見上げている。その機をすかさず捉え、わたしはもう一度言葉を絞りだす。

「あの、先生からアドレス聞き取るなんて無理だから。わたしに頼まないで」

「え……別にそんくらいいいじゃん、担任なんだから」

体勢を立て直した温香は譲らない。立ち去りかけた浪岡さんの視線を感じた。

「訊くなら自分で訊いて。わたし今、自分の興味のないことに力を貸すほど余裕ないの」

言葉が驚くほどまとまって出てきて、わたしは自分でびっくりしていた。あっけにとられた顔をしていた温香は、さっと表情を変えた。悪意に満ちた、なじみのあるその表情は、むしろわたしを安心させた。

「……ケチ！」

漫画の人物のように口を尖らせ、わたしにダメージを与えようとして、でも結局口から出てきたのはその二文字だった。そろそろ授業が始まる。席につき始めたクラスメイトたちがちらちらとこちらを見ている。

視界の中ですっと影が動いた。浪岡栞だった。

「もういいじゃん。戻りなよ」

水のような、さらりとした声だった。

温香を見据えるその視線にはなんの混じりけもなくて、ただ純粋にずれたものを元の位置に戻そうとする言葉だった。

今度こそ温香は口をつぐみ、行こう、とれいちゃんを促した。ふたりが立ち去ったあとすぐに本鈴が鳴り、うぐいす色のスーツを着た英語教師が入ってくる。わたしたちはばたばたと自分の席へ戻った。

御礼を言うタイミング、逃してしまったな。

「コミュニケーション英語」の授業で流暢な発音を披露する浪岡さんを、わたしは斜め左後ろの席からそっと見つめた。

製氷皿を軽くねじって、氷をばらばらと落とす。冷凍庫の扉を閉め、製氷皿に水道水を満たした。

氷を使ったのに補充しない人間は、我が家では大罪とみなされる。特に夏の間は。

「寿美子、カルピス飲むのー?」

カランカラン。グラスに氷が落ちる涼しい音を聞きつけて、姉が声をかけてくる。わたしが水で希釈したカルピスを柄の長いスプーンで混ぜ始めたときには、奥の部屋から飛んできて隣に立っていた。

「あたしも飲もーっと」

「どうぞ」

姉は水切りかごに伏せてあったグラスをとり、氷を入れると壜を手にとった。

「お母さんいないから濃いめに注いじゃお」

とぷとぷとぷ。姉は大胆な手つきでカルピスの壜を傾ける。

子どもの頃から使っているグラスは、床に落としても割れそうにないほど分厚い。青や黄色で幾何学模様が描かれており、下部に入っている直線をカルピスの原液を注ぐときの上限ラインとするよう母から言い含められている。そのラインより一センチほども超える高さにカルピスが注がれた。

「うわっ、濃そう」

母が帰ってきたらばれるのではとひやひやしつつ、実はわたしも気持ち多めに原液を注いで作った。姉ほどではないけれど、三ミリ、いや五ミリくらいはラインを超過した。

「一度やってみたかったんだよね〜。ひとり暮らしだとなかなか自分のためにカルピスの壜なんか買わないし、カルピスウォーターってちょっと薄いしさ」

姉は上機嫌で水を注ぎ、スプーンでからから混ぜてすすると「んーっ！」とCMのような満足の声を上げた。その反応に、自分ももうちょっと濃くすればよかったという気持ちが湧いてくる。

そのままふたりでシンクに浅く腰かけてカルピスを飲んだ。暑さがすうっと引いてゆく。いつもより濃いカルピスは禁断の味がした。舌の奥にモロモロした塊が残るのが、少し煩わしい。

うだるような暑さが続く夏休み。母は昨日から泊まりがけで横浜へ行っている。千倫斎先生の話を直接聞くことのできる年に一度の大会とやらがあるそうで、お気に入りのブラウスの襟に信者であることを示す金色のバッジを取りつけ、意気揚々と出かけて行った。信者特別料金が適用されるホテルに二泊することになっていて、留守番のわたしと姉は家事を分担して過ごす。

料理担当はもちろん姉で、昨夜はカルボナーラ、今朝はガーリックトーストとポーチドエッグというメニューだった。

「カルボナーラってね、イタリア語で『炭』とか『炭焼き職人』って意味なんだよ。つまり灰色になるくらいブラックペッパーをたっぷり入れるのが主流なの」

どこで仕入れたのか姉はそんな蘊蓄を披露しながら、フライパンの上でペッパーミルをごりごりと回した。辛いものは苦手だったはずなのに、だいぶ灰色に近づいたそのスパゲティは意外にもわたしの喉をするすると通った。

母がいないだけでなんだかちょっと自分のうちじゃないみたいで、普段どれだけ母の要素がこの家を占めているか知った。いつもとひと味違った食事が出てくるのは楽しいけれど、台所の片付けも風呂掃除も洗濯もわたしの担当なのはあまり納得がいっていない。でも姉の機嫌を損なうような愚かなことはしない。明日までふたりきりなのだ。東京でのひとり暮らしの予行演習のような気持ちでわたしは家事を進める。

母は今頃楽しんでいるだろうか。新幹線に乗れるのはうらやましいけれど、せっかく横浜まで行って「ありがたいお話」を拝聴するだけで帰ってくるなんて、なんだかすごくもったいないような気がする。

「大会って、何すんだろね」

姉もちょうど同じことを考えていたらしい。グラスを揺らして氷をカラカラいわせながら、ぼそりとつぶやいた。母の不在時にかぎって、家の中に蜘蛛は現れない。

「おしゃれなお店とかいっぱいあるんだろうにね、横浜」

「さすがに明日は観光くらいするのかな」

大学時代、仙台から東北新幹線に二時間乗って東京へ行くことがあったという姉は、カルピスのにおいの溜息をついた。二時間というのが長いのか短いのか、自分にはどうもぴんとこない。

ブランド品なのにバーゲンで安かったと自慢していた赤いショートパンツから伸びる姉の脚はすんなりと長く、身長はわたしとほとんど変わらないのになんだかスタイルがよく見える。

前回遊びに来たとき麻紀が置いていった雑誌をめくっているうちに、美しさの基準とは顔の造作だけでなく体のバランス、スタイルが重視されるものであるらしいとわかってきた。だからと言って生まれ持った骨格はどうにもできない。同じ服を身に着けたってわたしはモデルのようには着こなせない。どんな服も、身に纏った瞬間にださくなる気がする。

「ショーワ堂さん」と呼ばれていることを知ってから、なおさらその思いは濃度を増した。

引きこもっているせいか、姉の肌は透き通るように白い。何よりもうらやましいのは脚に傷のひとつもないことで、わたしはジーパンで包まれた自分の左膝を思った。転んだときの傷は時間をかけてかさぶたになり、ガーゼも絆創膏もなしで乗り切れるようになった。けれど、痕はいつまで残るのだろうと考えるたび心に影が落ちる。

Tシャツの裾の下、姉の下腹はぺたんとしていて、その中に命が宿っていた期間があるなんてどうしても信じられずにいる。誰よりも姉自身が信じられなかったことだろう。大晦日以降詳しい話を聞けてはいないけれど、わたしは折に触れ姉の下腹にそっと目をやる癖がついていた。

ジクジクジク、ジジジジジ。ミーンミンミンミンミン。アブラゼミやミンミンゼミが猛っている。ギーギー、ジージーと鳴くのはエゾゼミだ。小さい頃、虫に詳しい祖父が丁寧に教えてくれた。サツキとツツジの違いとか、うろこ雲とひつじ雲の違いとか、自然についてなんでも教えてくれた祖父はもう、この世にいない。葬儀のとき、お坊さんの読経が聞こえないくらいびゃあびゃあ号泣していた姉のせいで、わたしはうまく泣けなかった。

台所の窓から見えるのは資材置き場とつまらない住宅街の一部。自分の世界はなんて狭いのだろうとふいに不如意(ふにょい)感が募った。カルピスの原液を注ぐラインまで親に決められた、小さく不自由でままならない世界。

この角度からは見えないけれど、この台所から見て西側のほうに、れいちゃんたちの住んでいた家はあった。あのチョコレート色のおしゃれな家はあの事件のあと取り壊され、数年間ぽかりと売地になっていた。わたしたちが中学生のときようやく土地を買う人が現れ家が建てられ、典型的な核家族が住んでいる。

資材置き場の前を鮮やかな青がよぎったと思ったら、すぐ近くで車の停まる音がした。

ぴん、ぽん。

玄関のチャイムが鳴った。れいちゃんの家のように和音のメロディーではなく、ごく一般的な「呼び鈴」の音だ。

わたしは寄りかかっていたシンクから腰を浮かせた。姉が動かないので、グラスを持ったまま冷蔵庫の脇にあるインターフォンに歩み寄る。

扉の向こうに立つ来訪者は、角度的に窓からはうまく見えない。モニターのあるタイプに買い換えたいと母がしょっちゅうこぼしているインターフォンの応答ボタンを押した。

「はいー」

『突然すみません』

スピーカー越しに聞こえてきたのは若い男性の声だった。セールスだろうとあたりをつける。男性なら不動産系、女性なら保険か乳製品の配達サービスのセールスが多い。

けれど、その声は個人名を名乗った。

『私、音喜多と申します』

オトキタという音が脳内で「音喜多」に変換されたとき、背後でひゅう、というような音が聞こえた。姉の喉から漏れた音だった。

『急な訪問となりまして大変恐縮なんですが、そちらに美代子さんはいらっしゃいますでしょうか』

明朗で淀みのない発音だった。まるで練習してきたかのような。あるいは、台本を読み上げているかのような。

姉をふりかえる。肩を強張らせ、見たことのないような表情をしていた。

「ね、いるって言っていいの？」

小声で問いかけると、電気を通されたように一瞬びくりとした姉は、ゆっくりとインターフォンに近づいた。その揺れる髪の毛と少し震えている肩を見たとき、脳内の水槽がちゃぷんと揺れた気がした。魚がいっせいに泳ぎ始める。ぐるぐる。ぐるぐる。物語だ。物語がここにある。

「なんで」

インターフォンに向かって返事をする姉の声はかすれていた。

「なんで来たの……こんなとこまで」

『ああ、よかった。ちょっとさ、ちゃんと話がしたいんだけど、出てこられる？』

姉が応じることをかけらも疑わないような、ハリのある声だった。

はたして、姉は足取りを乱しつつも玄関に向かおうとした。カルピスのグラスを持ったままであることに気づいて慌てて一度シンクに戻った。グラスを置くと、前髪を手でさかんに撫でつけながら居間を飛び出し、階段を駆け上がっていった。どうしたものかとわたしはインターフォンの前に立ち尽くす。少々お待ちくださいとでも伝えたほうがいいのだろうか。

五分と経たずに戻ってきた姉は、白いワンピースに着替えていた。さっきまでゆるく結んでいた髪は頭頂部で団子状に整えられていて、去年の文化祭の日の麻紀たちを思わせた。サンダルを突っかけて玄関の扉を開く。室内の冷気と外の熱気が交わる。

ためらいながらも、わたしはしっかり見ていた。黒髪で中肉中背の、スーツ姿の若い男性が立っているのを。細い目は垂れ気味でどこか愛嬌があり、けれどけっして他人にへりくだらないというような意志の強さがあった。少し距離があるにもかかわらず、香水の香りが漂ってきて鼻に届いた。父の整髪料や育毛剤のそれとは種類の違う、でも明らかに男性用とわかる独特の香り。

彼の後ろにコンパクトな青い車が停まっていた。このつまらない住宅街に、メタリックで目の覚めるほど鮮やかなその青はあまりにも似つかわしくなかった。

頬を紅潮させた姉は、玄関に突っ立ったままのわたしを一瞥してばたんと扉を閉めた。わたしは室内に戻ったけれど、インターフォンの応答ボタンをONにしたままだったので、ふたりの立ち話は筒抜けだった。

『それ美代子の車？　かっこいいじゃん』

『なんで？　ねえ、なんで？　ストーカー？』

『人聞き悪いな。え、さっきのは妹さん？　ご両親は？』

『いないのわかってて来たくせに。どうせあたしのブログ読んだんでしょ』

『なんだ、バレてんじゃん。ねえ、暑いから車で話さない？　それかどっか行こうよ、乗せてくよ』

姉の返事は聞こえず、その代わりに車のドアが開閉する音がした。窓から外を覗くと、仙台ナンバーの青い車が資材置き場の脇を通って走り去ってゆくところだった。


『みよたんのハッピー♪システム』

検索すると、姉のブログはすぐに特定できた。

『みよたんでーす。今日も暑いけどみんな元気かにゃ？

いや〜ウォーターボーイズですよ！　映画の方が好きだけど、ドラマ版もキャスト陣が豪華すぎて最高っす！』

悩みなどひとかけらもなさそうな文章が、テンションの高い文体で連綿と綴られている。

地方都市のニートに豊富なネタがあるわけもなく、日記の内容は主に自分の手料理、音楽番組やテレビドラマの感想、そしてわたしたち家族のことだった。

『妹の使う言葉がときどき難しくてちょっと笑える。なんていうか、文学者？　ってか哲学者ぶった感じ。おんなじ少女漫画読んで育ったのになんでこう違ってきちゃうかな』

平坦な気持ちでわたしはそれを読んだ。

全世界に公開されているものだから、れいちゃんの携帯メールを盗み読んだときのような罪悪感はない。代わりに何かやるせなさのような粘ついた感情がこみあげてくるのを感じた。カルピスを飲むと口の中に残る、モロモロした塊のような。

姉はどんな顔をして日々このブログを更新しているのだろう。「みよたん」。たしかに、姉の中高時代の友人にそう呼ばれているのを聞いたことがあるような気がするけれど、他人に呼ばれるのと自分で名乗るのとでは大きな差がある。姉がもし自分のクラスメイトだったら、絶対に異なるグループに属していただろう。

父や母についても、わずかに露悪的であるほかは比較的あたりさわりない具合にネタにされていた。ただ、母の宗教については読むかぎりひとことも触れられていない。こんな軽いノリのブログでさえネタにできないようなことだという認識なのだろう。

『今日は本場イタリア風カルボナーラを作ってみました〜！　おいしそうでしょぉ♪

カルボナーラって、イタリア語で炭とか炭焼き職人を意味する言葉なんですよね。なので
こんなふうに、灰色になるくらいたーっぷりブラックペッパーを使って作るのがコツであ
ります。

母が外泊中（明日も！）なので、今宵はみよたんが我が家のシェフ★
といってもお客さんは妹しかいないんだけど（泣）
あ～明日は何作ろっかな～。妹が夏休み中で、家で三食食べるもんだからもうネタ切れ
だよ～～～
誰かアイディアちょーだいっ！

※ブログランキングに参加しています。
下のバナーをぽちっと押してね！　お願いします♪』
更新時刻は昨日の21:48となっている。
音喜多氏は、この日記を読んで我が家の状況を把握し、母の不在時を狙って訪ねてきた
のだろうか。姉は彼が読んでいることを想定して綴っているのだろうか。
ふう、と口に出して溜息をつくことで、わたしは感情のスイッチを切り替えた。ブラウ
ザを閉じ、そのままＷｏｒｄを立ち上げる。

去年書いてそのまま放置していた長編小説用のアイディアメモを読み返す。プロットなどとはとうてい呼べない代物だ。

『主人公の女子高生には美人の姉がいる。わけあって片や田舎、片や都会と離れて暮らしてきたが、姉が帰郷し久しぶりに共に暮らすことになる。都会に疲れたという姉を癒そうと努める主人公だったが、そこへ一通の手紙が届く。その美しい筆跡の持ち主は、どうやら姉を傷つけた青年らしい。やがて田舎を訪ねてきたその青年に、思いがけず惹かれてしまう主人公。しかし、姉がかつて彼の子を妊娠し、堕胎していたことがわかり——。』

なんだかおかしなことになってきた。現実が少しだけ、創作をなぞろうとしている。わたしは隣の部屋で寝ている姉を思う。

姉が音喜多氏に車で連れ去られたあと、正午を過ぎた時点でわたしはひとり、母が非常用に買いこんであるカップラーメンにお湯を注いで食べた。基本的には手料理を是とする我が家では普段ほとんど食べる機会のないインスタント食品は、ひどく甘美な味がした。化学調味料がどさどさ入っているとわかっているのに、わたしはスープを最後の一滴まで飲み干した。

男の来訪からきっかり三時間後に、姉は赤い顔をして戻ってきた。窓の外を青い車が走り去るのが見えた。青と赤。それは宗教画で聖母マリアを描くときに約束事として使われる色だと教えてくれたのは、美術の先生だったか、いやシスターだったか。天の真実を示す青のヴェールと、神の慈愛を示す赤。

昼食を済ませてきたという姉はふらふらと自室へ向かい、わたしをふりかえって「少し寝るから」と焦点の合わない目で言うと、ばたんと扉を閉めてしまった。姉の体からはメンズものと思われる少しほろ苦い香水がはっきりと香った。

もうすぐ夕方になる。このままでは夕食もカップラーメンか、あるいはコンビニ弁当になってしまう。それならそれで自分は構わないけれど、御飯くらい炊いておいたほうがいいのではないか。パソコンの前でわたしはのっそりと立ち上がった。

「お姉ちゃーん」

わざと軽快にノックして呼びかける。部屋の中は静まり返っている。けれど、姉は起きているような気がなんとなくした。

「おーい、夕飯どうするー?」

コンコン、コンコン。

「わたし御飯炊いておこうかー?」

コンコン、コン。

続けてノックしようとしたとき、扉がふいに内側へ開かれて、わたしはがくりと前方によろけそうになった。

「今日、出前取ろう」

あらかじめ決めてあったように言う姉の顔はまだ赤く、明らかに涙の伝った跡があった。それを直視できず、斜めに視線を逸らす。姉の白いワンピースには皺ができている。

「あ……、出前、うん」

「もうちょっと休ませて。六時になったらなんか注文しよう。丼なり、寿司なり」

「ああ……いいね、寿司」

「ねえ、言わないでね」

「え?」

「彼が来たこと。お母さんにもお父さんにも言わないでね。言ったら殴るから」

え、う、と舌の上でもどかしく言葉を転がしているうちに、扉は再びばたんと閉められた。

転倒して怪我をした場所を通るたび、今でもひやりとする。転んだときの傷はやはり消えないまま、茶色い痣のようになって膝に居座っている。

北国の学校の夏休みは、他の地域と比べて短いらしい。八月の終わりも近い二学期の始業式の朝、風はもう秋の気配を含んでいる。ジクジクジク、ジジジジ。アブラゼミの声もそろそろ聴き納めだ。

「美代子さんって彼氏いるんだね」

ほんのり日焼けしたれいちゃんの口から姉の名前が出たのは、転倒したポイントを過ぎてひと息ついたときだった。

寂れた個人商店がぽつぽつと続く通りを自転車で走りながら、わたしは平静を装って言葉を探した。

「……え、どこかで見たの？」

「見たから言ってるんじゃん」

わずかに鼻息を吹きだしながられいちゃんは薄く笑った。花を突けばその奥に蜜があると気づいた蝶のように、あるいは蜂のように。

「先々週……その前かな？　市場の駐車場で見たよ。なんか青い車が停まってて、その中で男の人と泣きながら喋ってた」

れいちゃんは惜しげもなく一気に情報を開陳し、並走するわたしをちらりと窺う。

うわあ、確定だ。あのとき見られてたんだ。よりによってれいちゃんに。胸の中をぞわぞわとしたものが這いまわり、わずかに呼吸が浅くなる。こんな感覚は久しぶりだった。

夏休み中一度も会わず、たまに短文メールを交わす程度だったれいちゃんにこんなふうに斬りこまれるのは、困惑というよりなんだか不思議な心地がした。人はどこまで失礼にふるまえるんだろう。他人事のように思った。

「市場に行ったって言ってたかなあ……わたしも出かけたりしてたから、特には……」

どうでもよさそうな温度で返事をしてみる。乾いた感じを出すことに成功した気がする。この子にスキャンダルという餌を与えてはならない。

「大人があんなふうに泣くとこ久しぶりに見ちゃった。痴話喧嘩ってやつだよね、絶対」

れいちゃんはさらに揺さぶりをかけてくる。わたしがあられもなく心を乱し、戸惑いの表情を浮かべ、言葉に詰まるのを待っている。

「絶対、か」

思考がそのまま言葉になった。

「この世に絶対なんてあるのかな。状況だけで全容を判断できることって、この世にどのくらい存在するのかな」

それはほとんどひとりごとだったけれど、れいちゃんの口をふさぐ効果はあったようだった。それから学校に着くまで会話はなく、黙々とペダルを漕いだ。

学校が見えてきたところで、再び口を開いたのはれいちゃんだった。

「もう部活ないからさ、一緒に帰ろうよ」

その言葉にぞくりとした。〝もう部活ない〟。そうだった、運動部の三年生は夏休み前に引退しているのだ。ということは、この先卒業までずっと毎日、放課後はれいちゃんと。

「あ……ごめん」

反射的に言葉が口を衝いて出た。

「今日は用事があるんだった」

「そうなんだ」

会話は、今度こそ終了だった。用事ってなに？　と突っこまれなかったことに胸を撫でおろしながらぎくしゃくと靴を履き替え、それぞれのクラスへ向かう。

もともと、中間考査に備えて放課後は図書館に通い勉強をしようと決めていた。指定校推薦を盤石なものにするため、また「よっぽどのこと」が起きても落ち着いていられるため、安心を積み上げておきたい。家では姉が海外のスクールドラマを大音量で観ていたり、夕食の準備を手伝えだの味見をしろだのとわたしを呼びつけたりするので、勉強に集中しづらいのだ。

とは言え、始業式の日の放課後から図書館へ行く必要性は薄い。小さな気まずさがボールのように胸の中を転がる。れいちゃんは、拒絶されたと感じただろうか。

事実として拒絶なのだから問題ないのに、どこか後味の悪いものを抱えたまま放課後までを過ごした。れいちゃんのクラスは、帰りのホームルームが長い。先に教室を出たわたしは常にない速さで昇降口を目指し、転倒したポイントも気にならないほど全力で自転車を飛ばして帰宅した。昼食後、リュックサックに勉強道具を詰めて再び自転車にまたがり、図書館へ向かう。自分の言動に整合性をつけるため。

駅近隣にある私立図書館は、時間帯のせいかもしれないけれど、純粋に読書を楽しむ人よりも教科書や学習参考書を広げて勉強する中高生が多いのが特徴だ。自宅に近いエリアにある県立図書館に比べて家族連れが少なく、異なる学校へ通うカップルが落ち合うスポットとしても利用されていると聞いたことがある。言われてみれば、お揃いではない制服を着た男女が肩を寄せ合い、ひそひそ話している姿も視界に入ってくる。

年季の入ったカーペットを踏みしめて歩き、空いている席を探す。制服のサラダボウルとでも言うべくさまざまな学校の生徒がいる中で、ラフなTシャツを着て頰杖をついている女子高生と思しき姿があった。心臓が小さく飛び跳ねる。六人がけの席に、はっちゃんはひとりで座ってノートにシャープペンシルを走らせていた。その耳から白いイヤホンのコードが垂れている。

思いきって近づき、彼女の斜め前の椅子を引く。どのみち、ゆとりを持って座れそうな空席は他になかった。はっちゃんは何の反応もなく勉強を続けている。いや、勉強ではないのかもしれない。英文を筆記体で書いているのが目に入る。

——そういえばさ、寿美子さんだったよね。あたしのこと、金沢温香と区別するために『はっちゃん』って呼び始めたの。

最後に放たれた言葉を慎重に耳の中に蘇らせながら、彼女の向かいの椅子に鞄を置く。その動作が視界に入ったようで、はっちゃんが初めて顔を上げる。視線がわたしの胸のあたりで留まり、はっとした表情でこちらの目線をとらえた。

「ここ、いいかな」

体の横で小さく手を振りながら呼びかける。え、あ、うん。驚きを宿したままの彼女の返事に拒絶の気配はなく、わたしは腰を下ろして勉強道具を広げた。

しばらく無言でそれぞれに手を動かした。私立文系クラスの三年次はもう理系科目の授業はなく、わたしの目下の苦手は漢文だ。訓読文の読み下しでいつも躓く。レ点だけならわかるけれど、一二点が入ってきたり上中下点が交じってきたりすると混乱する。

さらさらさらさら。滑らかにノートを走るはっちゃんのシャープペンシルの音が意識に入りこんでくる。

ふと、同じ瞬間に顔を上げた。視線がぶつかり、はっちゃんが小さく笑う。耳からイヤホンを抜き取って「ちょっとさ、休憩しない？」とささやきかけてきた。一緒に携帯電話と財布だけ持って席を立つ。はっちゃんがイヤホンをＯＦＦにする直前、かすかに漏れ聞こえた音楽はDragon Ashだった。

自動販売機とベンチが数台置かれた休憩スペースからちょうどカップルが出てきたところで、運よく座って休むことができた。はっちゃんが自販機でJAVA TEAを買ったので、喉が渇いているわけでもないのにつられて自分も財布のジッパーを開く。コカ・コーラの赤い缶を目にしたとき、炭酸飲料が好きだった富樫先輩を思いだして自動的に指が動く。落下した缶がごとんと受け取り口を鳴らす。

金属のベンチにはっちゃんと微妙な距離を空けて座る。それぞれの膝の上でプルタブを起こす。コキッという硬質な音がふたつ、わずかにずれて重なった。泡があふれ出さないようすばやく缶に口をつけ、コーラをすすり飲む。唇の上で、泡がかすかに弾けて消える。

「暑いよね、まだまだ」

ジーパン、もといジーンズの脚を組んだはっちゃんがちらりとこちらを見て、つぶやくように言った。少しくたびれているけれど清潔そうなクリーム色のＴシャツも、後れ毛をたっぷり残して無造作に束ねられた髪の毛も、やっぱり垢抜けて見えた。

「暑すぎるよね。うち制服がジャンパースカートだから、蒸れて最悪だよ。授業中みんな下敷きでぱたぱたあおいでる」

カジュアルさを心がけすぎておかしな早口になった。はっちゃんはくすりと笑って手の中の缶に視線を戻す。

「推薦決まったのに勉強するんだね」

「うん、まあ、次の中間までが評定に関わってくるみたいだから……」

「なるほどね。やっぱ寿美子さんは真面目だね」

寿美子さん。その呼び名が前回よりも親密に響いて聞こえ、わたしは無駄に入っていた肩の力をようやく抜く。れいちゃんの「寿美子さん」とは響きの質がまるで違う。そもそもれいちゃんは昔、わたしを「すみちゃん」と呼んでいたのだ。あれが「寿美子さん」に固定されたのはいつだったのだろうか。

「この間、言い忘れたから言っとく。おめでとうね」

はっちゃんのやや低めの声が柔らかく響く。そういえばこの声が好きだったと、自分の鼓膜が思いだした。はっちゃんは小学校の高学年で同じクラスだったとき放送委員だった。昼の給食放送を担当する日は、配膳された盆を持って放送室へ向かう姿がやけにかっこよく見えた。教室の壁に取り付けられたスピーカーを通じて聞く同級生の声は落ち着いていてしっとりと大人っぽく、耳に心地よかった。

「え、えっと」

「進路の報告されたら第一声は『おめでとう』であるべきなのに、言ってなかったから」

上半身をこちらへ少しねじり、はっちゃんは律儀に頭を下げてみせる。

「いいんだよ、そんなの」

「や、なんか、自分のことばっか考えてた気がして」

「それはこっちだよ」

そういえば、初詣で見かけたよ。一緒にいた人って彼氏？

会話を発展させようとしたわたしより、はっちゃんが言葉を継ぐほうが早かった。

「なんか心配だったからさ、寿美子さんのこと」

「……心配？」

「うん。だってほら」

誰もいないのに、はっちゃんは周囲を確認するように首を左右に振り、こちらを斜めに見上げて声のトーンを落とす。

「他人の悪評をふりまくような子と無邪気に何年もつるんでて、本当にいいのかなって」

誰のことかすぐにわかって、喉がぐっと詰まった。

「なんか……そういうメールがたまに送られてきたからさ。あたしとなんてたいして仲いいわけでもなかったのに。それでいいのかなって」

誰についてのどんなメールであるのかも、だいたい察しがついた。手足の指先が冷たくなったのは、コーラの缶のせいではない。はっちゃんが不用意にわたしを傷つけないように話していることが伝わって、逆に息苦しさが増してゆく。

「何もないみたいにずっと一緒に登校してる姿見てたら、友達ってなんなんだろうなって勝手に考えちゃって」

中年男性が休憩スペースに入ってくる。こちらをじろじろ見ながら緑茶か何かを自販機で購入し、またあからさまに視線を投げかけながら去ってゆく。

「心配を通り越してなんかちょっと苛立っちゃって。他人が言うことじゃないと思うけど……」

気まずく黙りこむわたしにかけられる声の温度が上がってゆく。夏の終わりを生き延びようとする蟬の声が遠くなる。

友達ってなんなんだろうなって――。そのシンプルな問いが、とうとう形を持って目の前に現れた気がした。れいちゃんと自分との関係を表す正確な言葉など、見つからない。「ずっと同中同士でくっついてるよね」とささやかれても何もリアクションできない、闇の中で爪を切るようにこころもとない、この不健康な関係を。

何も言わないわたしに焦れたのか、はっちゃんは言葉を切り、携帯をいじり始める。メールでも打っているのか、かちかちかちかちと硬質な音が聞こえる。

わたしだって心配だよ。はっちゃんの彼氏、真奈さんとも付き合ってるんじゃないかな。確かめたほうがいいんじゃないかな。

そんな言葉が頭を空疎に回転しては、コーラの泡のように消えてゆく。自分の置かれている状況のほうがよっぽど深刻で、よっぽど情けないのかもしれなかった。

二学期の中間考査が終わり、答案がひととおり返却されると、無性にムクを撫でまわしたくなった。

みさーかえーあれー。先日の学園記念日感謝ミサで歌った聖歌を口ずさみながら跨川橋を下りきったあと、思いきってハンドルを左に向けた。小石をぴしぴし跳ね飛ばしながら未舗装の道を走る。晴れ渡った土曜の昼間なので、川べりには水鳥ウォッチャーと思しきおじさんたちが幾人もいて、望遠レンズのついた大きなカメラを構えていた。

猪俣さんのお宅をひとりで訪れたことはなかった。でも何となく受け入れてもらえる確信があって、スピードを殺さないまま木立を抜けて走ってゆく。

瓦屋根は相変わらずぼろぼろで、軒下にいくつも瓦が落ちていた。自転車を停めて庭のほうへ回りこむ。風雨に晒されたねずみ色のワゴン車の向こう、キャンキャン鳴く声が響き始める。

「ムク！」

荒れ放題の庭に現れたムクは、以前よりさらに大きくなっていた。顔つきはもうすっかり成犬のそれになり、わたしの膝に乗せられた両足の重みも増している。

「来たが」

縁側の障子戸が開かれ、おばあさんが現れた。今日も白いうわっぱりを着こんでいる。思えばいつも、季節を問わずこの恰好だ。

「お邪魔してます」

答えると、じろりとこちらを見て室内へ戻ってゆく。もうひとりはどうしたと訊かれなかったことにほっとしながら、豊かな毛並みを撫でる。

ムクの食事は、今回も人間の食事の残り物のようだった。

犬小屋の前に皿を置いたおばあさんは部屋に引き返し、わたしのためにお盆を運んできた。おむすびとお茶とおしぼり。御礼を言って縁側に腰かける。

猪俣家のおむすびはごろんと丸く、ほぼ球体に近い。その中心に今日は唐揚げが入っていて、にんにくがよく効いていた。御飯は炊きたてではないがほかほかで、唐揚げは少し冷めていた。

　愛想というものをまったく持ち合わせず、特段親密になったわけでもないこのおばあさんに自分が素直に甘えられるわけが、どうしてもわからない。それでも、この青くさい庭のにおいを感じながらムクやおばあさんと触れあっていると、自分の中の使っていない部屋の扉が開くような感覚があった。

「うちにも庭があるんです」

　黙って縁側の端に腰かけているおばあさんに、気づけば話しかけていた。

「母が庭を整えるのが好きで。家庭菜園というほどの規模じゃないんですけど、昔はじゃがいもとかさつまいもとか、あととうもろこしとかきゅうりとかミニトマトとかも植えてました。とうもろこしは虫がびっしりついて真っ黒になってだめだったんですけど、芋類は結構、大量に収穫できたりして楽しかったんです」

　自分でも不気味なほどの雄弁さだった。できることなられいちゃんのいない機会に一対一で話してみたいと無意識に願っていたのかもしれない。おばあさんは黙っている。

「結局、隣のお宅からミントがやってきて駆逐されちゃったんですよね。ミントって繁殖力すごいらしくって。だから今はもうほとんどミントの庭っていう感じです」

　ひとりでぺらぺらと喋っていることがふいに気まずくなり、おむすびの残りを口に押しこんだ。名も知らぬ鳥のさえずりが聞こえる。初秋の心地よい風がわたってゆく。きっと、あっという間に冬になるのだろう。

「あんた、あの子を信頼してないね」

突然おばあさんが言った。え、乾いた声が喉から漏れた。

問い直すまでもなく、「あの子」が誰なのかは自明のことだった。

「あの子に本心を見せてないべ。違うか？」

「――え」

「いつももっと、ここんところによけいな力が入ってるべ」

おばあさんは自分の眉間のあたりをとんとんと指で突いた。

「そんなふうに喋るどご、初めで見だよ」

図星を指されて、今度は声も出なかった。食事を終えたムクが再び足元にじゃれついてきているのに、手も動かせない。

言われたらもう、そうとしか思えない。れいちゃんといるわたしは、顔によけいな力が入っている。自然体じゃない。たまにしか会わないおばあさんにも、淡い距離感の同級生にも、見透かされ指摘されてしまうほどに。

ひとりで図書館へ行った日から、わたしは放課後、何かしら口実を見つけて少しずつれいちゃんを避けている。一緒に帰る習慣は、もうほとんど消滅しかかっていた。

「あの」

ようやく声を絞りだした。

「……花いちもんめってあるじゃないですか」

おばあさんは再び口を閉ざし、無言で先を促す。

「『勝って嬉しい花いちもんめ』、ってやつ。『あの子がほしい』って、相手チームの子を名指しするじゃないですか」

喋れば喋るほど、喉の中に埋まっていた鉄の塊が熱く溶けてどろどろと流れだしてゆくような気がした。

「小学校の頃よく遊んだんですけど、れいちゃんは……あの子れいちゃんっていうんですけど、わたしほとんど……たぶん一度も指名してもらったことないんです。れいちゃんが相手チームにいても、わたしの名前なんて」

「あれは人買いの歌だ」

おばあさんが前を向いたまま言う。その言葉にどきりとする。

「人買い……？」

「『花』っていうのは女のことだ。口減らしってわがるが」

「わかり、ます」

「貧しい家は子どもを間引きしなきゃなんねがったんだ。女衒ってわがるが」

「わかります」

話の意図が見えてくると、うっすら怖くなった。こういうとき、想像力はありすぎないほうがいいのかもしれないと思う。

「暮らしのために娘を売らなければなんねえ親と女衒の歌だ、あれは」

どうして今まで思い至らなかったのだろう。「花」なんてわかりやすいメタファーではないか。「あの子がほしい」だなんてあまりにも直接的な表現の用いられた残酷な歌を、わたしたちは無邪気に歌っていたのだ。自分の名が呼ばれることをひそかに期待しながら。

「ま、『諸説あり』ってやつだべどもな」

「はい……」

「そんた遊びで心痛めることなんてねがったのに、苦労したな」

おばあさんがそう言ったとき、突然背後で足音がして、わたしはびくりと部屋のほうをふりかえった。遠慮があってあまり直視しないようにしていた室内の様子が目に入る。

おばあさん以外は無人だと思っていた家の中を大股で歩く男の姿があった。庭に放置された車と同じようなねずみ色の服を着たその姿は、今まで会ったどの男性よりも背が高かった。

息を呑み目を瞠っているうちに、男の影は部屋に溶けるように消えてしまった。

「……えっ、えっ、あの」

「息子だ」

「息子さん……」

隣にいるおばあさんが誰かの母親であるという事実が、頭の中でうまく像を結ばない。

「もう、ここさ来ねえほうがいい」

自分の言葉の響きを確かめるような、ゆったりとした重みのある声だった。

れいちゃんとの関係や息子さんの存在が影響しているのかどうか、わからない。それでも、本当にもう来てはいけないのだということはわかった。

川を渡ってきた風の含むわずかな冷気が、寒い季節の始まりを告げている。

世界を愛するということは、言い換えれば、人を愛することではないだろうか。

そうなると、自分はちゃんと世界を愛していると言えるのだろうか。

庭を埋めつくすミントを見つめながら、わたしは自分の心の内側にルーペをあてる。

それはある意味でとても怖い作業であり――けれど必要なことだった。浮き草のように漂うのではなく、この世界に根を張って生きていかなくてはならないのだから。

「寿美子さん、あなたどうしてときどき制服に動物の毛付けて帰ってくるの？」

背後から母に声をかけられる。ぎくりとした。禁止されているわけではなくても知られたくないことというのは、たくさんある。

「そうそう、あたしも言おうと思ってた。なんかタイツにもたまに付いてない？」

母のぎっくり腰以降、洗濯も進んで担当するようになった姉が横から口を出す。

「何あれ、犬の毛？　猫？」

「犬だよ」

平静を装って、ミントの茂る庭を見つめ続ける。

指定校推薦が校内選考で無事に通ったと相原先生から教えられた。この後は必要書類を揃えて出願をしなければならず、脳内が志望理由書や小論文のことでいっぱいになってきたので、いったん無になりたくて庭を見ていたのだ。結局それは失敗して、自己分析を始めてしまっていたわけだけれど。

「犬？」

「どこの？」

母と姉にすごい勢いでたずねられ、わたしは仕方なくムクと猪俣さんのお宅のことを話す。土曜に立ち寄ると食事をいただくことがあるというのは伏せておいた。けれど、話が進むにつれてふたりの表情はみるみる険しくなってゆく。

「え……まさか、あの集落の？」

「なんで？」

「なんでって、いや、あの辺は行っちゃだめだよ。だってほら」

何か言いかけた姉と母は顔を見合わせた。ためらうような間が生まれ、それから母が口を開いた。

「ほら、前に女子高生が軟禁されたことあったでしょう」

それは知っている。わたしがれいちゃんとセットで登校させられている理由でもある事件のことだ。

「あれって、あの集落が現場だったじゃない。犯人、あの辺に住んでるって話だよ」

「そうそう、一回捕まって、でもなんか最近出所したんだって」

「なんかほら、リードもつけずに犬の散歩してる人がいて、注意しようとしたらその男だったって……しかもその犬も、違法な商売やってるブリーダーから買ったとかなんとか。まさかその犬じゃないよね？」

ねずみ色の服を着た長身の男の影が目の前をよぎった気がした。ムクの柔らかな体毛の手触りも、熱いくらいの体温も。

「だから絶対近づかないでちょうだい、危ないでしょう。ただでさえあの辺り治安が悪いんだから」

まさか、と思う。まさかあの人が。猪俣さんの息子が。

打ち消したい思いが、田舎の狭いコミュニティで生きる母の情報力の確かさの前で揺らぐ。

——もう、ここさ来ねえほうがいい。

もしかしてあれは、そういう意味だった？　いやでも、いくらなんでも。

もう一度会いに行かなきゃ。穢れなきムクに。よくしてくれたおばあさんに。噂を鵜呑みにせず、自分の目や耳で確かめなくちゃ。

心の内側を激しく叩く自分がいて、それを別の自分が冷ややかに見ている。

保身に走る己の俗悪さが嫌になる。わたしはきっともう、あのお宅を訪れることはないだろう。そのことは最後に訪れたときからわかっていたはずなのに、わたしはしぶとく自分の心の清らかな部分を探していた。

立ち上がって、ガラス窓を大きく開いた。

「寿美子？　聞いてる？」

頬を刺す風の冷たさに、上着も着ないままであることを少し後悔しながら、母のサンダルを突っかけて庭へ出る。群生するミントにすぐさま両足を包まれる。

腰をかがめ、ミントの葉を乱暴にちぎった。

ぶちり。ぶちり。

清涼感のあるハッカの香りと土くささが混じった独特のにおいを、肺の奥まで吸いこむ。

——そんた遊びで心痛めることなんてねがったのに、苦労したな。

——もう、ここさ来ねえほうがいい。

ぶちりとミントをちぎりとるたびにおばあさんの言葉の響きが蘇って、わたしは手を動かし続けた。そうしないと、どうにかなってしまいそうだった。

浪岡栞に御礼を述べる機会は、指定校推薦の面接を受けるための東京行きを翌週に控えた十一月の半ばにやってきた。

雨や雪の日の放課後、学校の最寄のバス停には聖永女子の生徒たちが長い列を作る。乗車可能な人数の都合で、タイミングによっては何本か見送らなければならないこともあり、冬の寒い日には体が芯まで凍えてしまう。春や夏に比べてこの時期は部活を引退した三年生が多く、天気も悪くなりやすいので乗車率がとても高い。

すみれ色の傘の布地が、ぽつぽつと律儀に雨粒を弾く。傘はなぜか学校指定ではなく、それぞれが個性を発揮できる貴重なアイテムだ。とりどりの傘を手に、時間帯によっては十五分に一本しかないバスをひたすら待つ。

細い雨が斜めから降りつける放課後だった。わたしの前にも後ろにも、十五人ほどが並んでいる。

リバティプリントの傘が近づいてきたと思ったら、久しぶりに大高さんを見た。背の高い彼女を取り巻く赤やピンクの傘は、バレー部のメンバーのものだ。笑いさざめきながら、列の最後尾へ行かずにこちらへやってくる。

嫌な予感は的中した。部員たちと声高に会話を続けながら、大高さんはわたしの前にさりげなく体を入れてくる。

「え、あっ」

反射的に一歩下がってしまったのが悪かったのだろう。今度ははっきり意図的とわかる動きで、五人ほどがずいずいと割りこんできた。なんで、どうして。心の中で叫びながらも二歩、三歩と下がってしまう。自分の後方からも戸惑う気配が伝わってくるけれど、気まずさと申し訳なさのあまりふりむくこともできない。

体は雨に濡れて冷えているのに、血の集まった耳たぶと頬だけが熱くなる。こういうときに抗えるほどの度胸と反射神経を持ち合わせていない自分を呪いたくなった。

「最後尾そこじゃないいんだけど」

アルトの声がした。

ふりむくと、サックスブルーの傘を差した浪岡栞が立っていた。わたしの数人後ろに並んでいたらしく、その場所だけ空間ができている。

バレー部の五人ぶんの視線が一気に自分に集まっても、浪岡栞はたじろがなかった。

「ちゃんと並びなよ。おかしいじゃん」

水のようにさらりとした声で、もう一度言う。あのときと同じ、なんの混じりけもない、ただ純粋に歪んだものを元に戻そうとする言葉。やば、王子、と列の前方で誰かがささやく声が耳に届く。

「これから並ぶつもりだったから……」

ひとりが蚊の鳴くような声で釈明した。いたずらが見つかった子どものような表情、その顔が耳のあたりまで真っ赤に染まっている。

浪岡栞をひとにらみした大高さんも、動揺を隠せていなかった。浪岡さんと同じくらいの身長なのに、ずいぶん小さく見える。

バレー部の集団がわたしたちの脇をすり抜けて行ってしまうと、浪岡栞も自分の元いた位置に戻った。そこへのろのろとバスがやってきた。バレー部の集団、浪岡栞、そしてわたしは、それぞれ少しずつ離れた位置で駅までを揺られることになった。

生徒たちを詰めこんでぱんぱんに膨れたバスが、時間をかけて終点の駅前に到着する。お揃いの制服を着た少女たちをいっぺんに吐き出す。

運転士に定期券を見せて下車したわたしは、バスから少し離れて浪岡栞が降りてくるのを待った。サックスブルーの傘が開かれるのを確認して、駆け寄った。

「浪岡さん」

あらためて直視すると、浪岡栞は本当に端整な顔立ちをしていた。ただ傘を差して立っているだけで絵になっている。何人もの生徒が彼女にねっとりとした視線を浴びせながら駅へ向かってゆく。

「さっきはありがとう。あと、この間もありがとう」

「この間？　ああ」

浪岡栞があの一件を思いだしてくれたことがわたしにもわかった。バスの停まった場所は駅舎から少し離れている。駅へ向かう彼女が立ち止まらないので、そのまま一緒に歩いた。

「あの子に手紙もらったよ、そういえば」

「え……温香？」

「そう、たぶんそんな名前の。メルアド教えてくださいだって。誰でもいいんだね」

ククッと喉を鳴らし、浪岡さんは心からおかしそうに笑った。わたしもつられて笑った。節操のなさが温香らしいと思った。

「あ、歩いてきちゃったけど、沢田さんって家どっち方面？」

「わたしはまたバス。八番線」

「乗り継ぎ組か。あたしは徒歩。駅裏からちょっと歩いたとこ」

「そうなんだ、駅から近くていいね」

学年の王子と呼ばれる浪岡栞と普通に会話していることが不思議で、けれどちっとも緊張していない自分がもっと不思議だった。

「じゃあまた明日」

「うん、本当にありがとね。また明日」

浪岡栞は軽く手を振ると、傘を畳みながら駅舎へ入っていった。

なんとなく立ち去りがたくてそのすらりとした後ろ姿を見つめていると、彼女はくるりとふりむいた。一度畳んだ傘をまた開き、大股でわたしのもとへとまっすぐやってくる。

「沢田さんってキウイ好き？」

「え」

「キウイフルーツ」

聞き取れなかったわけではないのに、浪岡さんは丁寧に言い直した。

「うん、好き。酸っぱい果物好きだから」

「そうなんだ。よかったら何キロかもらってくれない？」

え？　今度こそ呆けた顔になってしまう。

「いいの……？」

「うん。うちのおじいちゃんがキウイ農園やっててさ。この間収穫手伝いに行ったんだけど、ちょっともらいすぎちゃって大量にあるから」

断る理由があるはずもなく、わたしは浪岡栞と肩を並べて歩く。特に会話はなく、けれど気づまりな沈黙ではなかった。話の糸口を無理やり探す必要もなくて、呼吸が楽だった。

駅舎を通り抜けて少し歩くと、ささやかな商業施設の奥に集合住宅が現れる。茶色っぽいアパートの敷地へ浪岡栞は足を向けた。そういえば、地元の県南から通うのが大変なので部屋を借りて暮らしていると聞いたことがあった気がする。数年とはいえ日本を不在にしていたのにもう親元を離れることが可能だなんて。あらためてすごい人なのだと思った。

靴音を響かせて階段を上がり、二階の突き当たりの部屋のドアを浪岡栞は引いた。

「おう」

　室内から低い声がして、予期していなかったわたしはびくりとした。細い黒縁の眼鏡をかけ、ゆるいシルエットの白いトレーナーを着た若い男性が玄関に立っている。

「あれ、いらっしゃい」

「え、あ」

「あ、ごめん言ってなかった。兄貴と暮らしてるのあたし」

　浪岡栞はさらりと言って、ローファーを雑に脱ぎ捨ててすたすたと室内へ上がりこむ。友達がキウイもらってくれるって。おおよかった。きょうだいは言葉を交わしながら、玄関のすぐ手前にある部屋に入って何やらがさごそと音を立て始めた。友達。その響きに一瞬、恍惚となった。

　玄関から延びる廊下の突き当たりがリビングになっているらしく、カーテンから漏れる光が床に反射しているのが見える。わたしが所在なく立ち尽くしていると、ふたりが戻ってきた。浪岡栞はレジ袋、お兄さんは紙袋を提げている。そのいずれもがごつごつした内容物でぱんぱんに膨れあがっている。

「これさ、紙袋二重にしてあるんだけど、破れないかな」

　お兄さんの声は、あらためて聞くと浪岡栞のそれとよく似ていた。肌や髪の色素が薄いところも、背の高さも、通った鼻筋や切れ長の目も。

「えっ、あの……ありがとうございます」

差し出されて反射的に手を伸ばしたものの、とうていひとりで持ち帰れる量と重さではなさそうだった。ふたりも同時にそのことに気づき、笑いだした。

「押しつけじゃんね、これじゃ」

「どうやって持って帰れって言うんだよな。傘もあるのに」

「減らすことしか考えてなかったから」

「業者かよ」

容姿の整ったふたりがけらけらとおかしそうに笑い転げる様子はあまりに尊くて、わたしの顔にはふたりとは別の種類の笑みが浮かんでいたと思う。

「よかったら家まで送るよ、車で」

靴棚の上に設置されたキーボックスから鍵を取り出しながら、お兄さんが言った。

「あたしも行く」

浪岡栞が再びローファーに足を入れた。

東京へは、姉が付き添ってくれた。母に見送られて一緒に新幹線に乗り、父が予約してくれた都心のホテルにふたりで前泊した。

東京は大きくて圧倒的で、でも予想していたほどきらびやかに輝く場所だとは感じなかった。街は人と電気であふれていた。垢抜けた人々も巨大な百貨店もおしゃれなカフェやファッションビルももちろん地元にはないもので、でもたしかに乗ってきた新幹線の線路でわたしたちの小さな町と地続きの、ひとつの地域に過ぎない。人々の暮らしや文化のにおいが違うことだけがはっきりと感じられた。世界のどこへ行ったって、そこには人の営みがある。

受験当日の朝、乾燥したホテルの部屋で目覚めると、メールが届いていた。

庭に伸びるレモングラスよ不在とは想いの強さ知らしめるもの
制服にこもった熱を逃がしつつあなたのために今日は祈ろう

打矢さんからの短歌だった。

歌意を充分に理解できた自信はないけれど、応援してくれていることだけは伝わって胸がじわりと熱くなる。ふかふかすぎる清潔な枕に頭を埋めたまま短歌を読み返しているうちに、携帯電話に設定していたアラームがビビビビと鳴った。

もそもそと起床して顔を洗っていると、朝が苦手なはずの姉もすぐに起きだしてきた。ユニットバスの鏡の前できりりとポニーテールを結いあげてくれる。こめかみあたりの皮膚が引っ張られて、気持ちもぴんと伸びた。

出発の前日に麻紀が「御守り代わりに」と持たせてくれたオレンジの色つきリップクリームを少しでも塗ろうかと逡巡して、結局塗らずにスカートのポケットにしまう。代わりにいつもの薬用リップクリームをたっぷりと塗りこんだ。

ホテルの朝食バイキングを経験するのは、数年前の家族旅行以来だった。焼きたてのパンがあまりにおいしくておかわりしていたら、「面接前なのに通常営業だね」と姉に笑われた。れいちゃんの小さな顔が浮かんだ。

ただでさえ、食べ放題のシステムは人を卑俗で余裕なく見せる。おかわりに向かうわたしを見ていたなら、くすくす笑って温香とのメールのネタにしただろうな。こんな日にまでそんな想像をしてしまう自分がひどく情けなくて、100パーセントオレンジジュースを勢いよく飲んだら少しむせて、ますます姉に笑われた。

買い物に行きたくてうずうずしている姉とX大の最寄駅で別れ、おぼつかない足取りで校舎に入り、指定の教室に行き着いた。さまざまな制服の受験生が集められているその教室で、気持ちを整えて名前が呼ばれるのを待つ。

五人ずつまとめて別室に呼ばれるシステムだった。受験番号が早かったのか、最初のグループに入っていたため待機時間は長くなかった。聖永の先生たちとはまったく違う雰囲気の男女が三人パイプ椅子に座っていて、次々に質問が繰り出された。

大学や学科の志望理由。自己PR。高校生活のいちばんの思い出や、打ちこんだこと。大学で学んだことを将来にどう活かしたいか。

どれも想定していた質問だったとは言え、やはり独特の緊張感はあった。指定校推薦はここまで来ればよほどのことがないかぎり落ちることはないと聞いているけれど、それでもその「よほどのこと」が起きてしまうのが人生だから。

自分の長所と短所は？　という質問に、事前に用意していた答えは脳からふっとんでしまった。他の受験生たちがそつなく答えてゆく中で頭が真っ白になり、その場で思考しながらの回答になってしまった。

「わたしはたぶん……人よりも矛盾に対して潔癖なところがあるかもしれません。というよりロジックを介してしか理解できないことが多いので、わかりやすい整合性を好むような気がします」

変な空気が流れる。これではただの自己分析だ。焦って言葉を継ぐ。

「……それはおそらく、他人の力や言動が自分の意志を飲みこんでいくことに対する反発や嫌悪なのかもしれなくて……そうしたときに心のゆとりがなくなってしまわないように思考して踏ん張れる点が長所であり、柔軟性に欠けるのが短所だと思います」

面接官の中でいちばん若い（と言っても母より年上だろう）女性の面接官が「なるほどね」と小さく微笑みながらうなずいてくれて、それでようやく緊張がゆるんだ。けれどいったん試験会場を出ると、自分が何を語ったのかをもう再現できなくなっていた。

帰りの新幹線に乗る前に、姉が目をつけていたカフェでお茶をした。CAPSULEというユニットの「東京喫茶」という曲に影響を受け、歌詞に出てくるミルクキャラメルティーが飲めるカフェをインターネットにかじりついて探したのだという。

「ねえねえ、林檎ジュースが六百円もするよ」

メニューを開いた姉が耳打ちしてくる。

小洒落た内装の店内、白い円（まる）テーブルに向かい合って座るわたしたちの足元には一泊ぶんの荷物が詰まったスーツケースが置いてあり、いかにも地方から出てきた人間のオーラが放たれているに違いなかった。

けれどそれ以上に濃厚に、客の無関心が店内を満たしていた。誰もわたしたちを一顧だにしない。店員もほとんど表情を動かさず、声に抑揚もない。田舎と違って都会の人は、いちいち他人の挙動や容姿に興味を持たないのかもしれない。

無性に喉が渇いていた。果汁系の飲み物で喉を潤したい気分だったので、わたしは姉に難じられながら六百円の林檎ジュースを飲んだ。いたって普通のジュースだったけれど、きっとこれはこの時間と空間を使うことの価値、つまり体験料が含まれた価格設定なのだろう。働く人の時給だって、わたしたちの地元よりずっと高いはずだ。

それを言ったら、念願のミルクキャラメルティーを堪能する姉は「本当にあんたって」と溜息をついた。

「……あんたって、頭がいいとかじゃなくて、ただ世界が見えすぎているのかもね」

帰りの新幹線では、姉が「あたし寝るから通路側でいいよ」と窓側を譲ってくれた。宣言どおり、いくらも行かないうちに寝息を立てている。唇は薄く開かれ、頭はわたしの肩に預けられている。

新幹線がトンネルに入るたびに窓の外が真っ暗になり、少し疲れた自分の顔がいやにくっきりとした表情筋とともに映しだされる。

存在を忘れかけていたオレンジ色のリップクリームをポケットから取り出した。キャップを開け、窓を鏡がわりにして塗ってみる。体温のせいか、唇を滑るリップクリームはぬるくて柔らかかった。

メイクのことはよくわからないけれど、そのオレンジ色は思いのほか唇にすんなりなじみ、赤よりピンクより自分に似合っているような気がした。

れいちゃんにお土産を買っていないことに、ふと気がついた。麻紀にも浪岡栞にも東京駅限定のキーホルダーとチョコレート菓子を買ったのに。

思わず慌てふためき、そしてすぐに気がついた。慌てなくていいのだ。別にそんな義務、ないのだから。土産物売り場で、れいちゃんの顔が自然に浮かんでくることがなかったのだから。

朝食バイキング以降、れいちゃんのことが頭に浮かぶことはなかった。彼女のことを考えずにいられる時間はきっとこうやって少しずつ長くなり、そしていつか疎遠になって完全に消えてゆくことだろう。

流れる車窓の向こう、真っ白な雪を冠した田畑が延々続くのを瞳に映しながら、姉のかすかな寝息を聞きながら、わたしは確信していた。

第四章
窓の向こうに

自分が変わり始めていることに、わたしは最初気づかなかった。

正確に言えば、自分の容姿が――もっと言えば、自分の容姿とそれを包む雰囲気が変わり始めていることに。

バス乗り場で、追い抜かされなくなった。

鏡の中の姿が憂鬱ではなくなった。

過ぎ去った不快感や悲しみをわざわざ咀嚼し直す癖が抜けた。

あんた最近なんだかすっとした顔してるよ、と妙な角度から姉に称される。前より姿勢もよくなったらしい。

「すっとした顔」とはどんな顔なのか訊いたら、「眉間に力が入っていない感じ」とおばあさんと同じことを言う。自分でもよくわからないけれど、たしかに前より力まずに生きているような気がする。

そして、気づけば空気のように隣にいる人ができた。

「おいっす」

浪岡棸が話しかけてくるようになった。

大量のキウイフルーツをもらい受け、お兄さんの車で自宅まで送り届けてもらってから、わたしたちは学校でも共に過ごすようになった。一緒に教室移動したり、図書室へ行ったり、下校したり。けっしてべたべたしているわけでもたえず会話しているわけでもないのに、わたしたちには通じ合う何かがあった。

誰かとこんな関係を築くのは、自分にとって初めてのことだった。くすぐったいのにあくまでも自然で、不思議な心地がする。言葉にできない不満を呑みこまなくていい、追従も迎合も必要ない。精神が極めて健康的でいられる関係。

一対一で接してみると、栞はいたって気さくで気取りのない女の子だった。集団の中で空気を読むということをせずに過ごしていたら、いつのまにか孤高の存在になったという。言われてみれば、話しかけられたり騒がれたりしているところは多く見かけるものの、特定の誰かと一緒に長く過ごしているところを見たことはない気がする。自分とはまた別の種類の孤独を抱えていたのかもしれない。

栞といると、周囲からちらちらと視線を浴びることが増えた。それはどうやら自分が卑下する必要のない種類のもので、わたしは浪岡栞といてもおかしくない人間と考えていいらしい。それに気づいたとき、視界が冴え渡ったような気がした。

あんたといると変な手紙やメールもらわなくなってきて楽だよ、と栞はよく言う。それだけの頻度で同性からの気持ちと向き合ってきたというのは、なんだかすごい話だった。

異性の同級生がいない学校生活で、中性的な女子に懸想してしまうのはわからなくもないけれど、でもあたし異性愛者だしね、とこぼす栞の表情は、ひととおり悩みぬいてきた人間のそれだった。

器用じゃないから髪を結うのが面倒でショートヘアにしていたら「王子」と呼ばれるようになり、伸ばすに伸ばせなくなってしまった。いつかは超ロングにしてみたいし、ピンクなどのかわいい色も好きだし、部屋はサンリオキャラクターのグッズであふれているのだという。たしかにその情報は浪岡栞のイメージにはなく、わたしは慎重に驚きを表した。

「でもさ、あたしがそういう女子っぽいとこ全開にしたら、がっかりされちゃうじゃん」

「そんな……いやでもそうか、そういう人もいるかも」

「みんなあたし自身じゃなくて、あたしを媒介して理想の世界を見たいだけなんだよ」

浪岡家でもらったキウイの果実は、しばらくはナイフの刃も入れられないくらい硬かったけれど、きょうだいにアドバイスされたとおりに林檎と一緒に置いておいたら追熟が進んで食べ頃になった。真ん中でふたつに切り、スプーンでくり抜いて食べる。口の中でほとばしる酸味には自然の滋養と野性味が感じられ、母も姉もありがたがってもりもり消費している。

先週はキウイクレープを作って食べた。姉が焼いたクレープの皮は少しべちゃっとしていたけれど、生クリームをこってりと絞って刻んだキウイと一緒に包むとだいぶそれっぽくなった。

二学期の期末考査が終わった日の放課後、いったん帰宅したあと、栞と待ち合わせて自転車で河口へ向かった。風車を見ようと栞が言いだしたのだ。

雨も雪も降らない貴重な冬の日だった。川の支流が合わさって海へ流れこむあたりのエリアが風力発電基地になっていて、巨大な白い風車がずらりと立ち並んでいる。曇天の下、大きな羽根が風を切って回っている。

以前何かのついでで来たときより何基も増えている風車は、声なき生き物みたいだ。どこか近未来的な様相を呈しているその壮大な風景は、世界から切り離された空中庭園を思わせた。栞はこの場所をお兄さんに教えられて見たいと思っていたのだという。

「すごいね。高さ、百メートルはありそう」

「あるね」

自転車にまたがったまま足をストッパーにして無機質な風車を見上げ、風切り音に耳を澄ませた。顔を傾けて眺めると、空を突き刺すように伸びる真っ白な塔を、重力を無視して駆け上がれそうな気がしてくる。

「覚えてないかもしれないけどさ」

風車に視線を留めたまま、口が勝手に動き始める。うん？　と栞も風車を見つめたまま返事をする。

「初めて喋ったとき、わたし感じ悪かったよね。ごめんね」

ねえ、それどこで買ったの？　突然自分に向けられた栞の声が蘇る。

「いきなりだったから緊張しちゃって、なんかすごく無愛想になっちゃった気がする。こんなに普通に話せる人だとは思ってなかったからさ。……っていうかそもそも覚えてないよね、ははは」

「覚えてるよ。去年の文化祭のときでしょ？」

ハンドルの上で腕を組み、そこに顎の先を乗せたまま、栞はさらりと答える。柔らかそうなショートボブの髪が風で乱れ、彫りの深い顔立ちを隠す。学校指定のものではない、ビビッドな緑色のマフラーが風にひるがえる。

「みんなあたしが話しかけるとびくびくするか、そうじゃなければなんか粘っこい目で見てくるかなのに、あんたは淡々としてたからよく覚えてるよ」

——そうだったのか。

熱い湯が胸の奥に湧いたような心地がした。

海からべたつく潮風が吹きつける。体の中まで冷たい風が通り抜け、自分の抱えている不安や欲望が吹き流されてゆく気がした。林立する風車を見上げているうちに、わたししたちが逆に風車に見下ろされているように思えてくる。

夕闇が落ち、水平線と空とが濃い藍色からオレンジ色のグラデーションを作る。本格的に寒さを感じ、わたしたちは風車に背を向けると再びペダルを踏んで帰路につく。

「兄貴がさー」

栞の口からその言葉が出ると、少々どきっとする自分がいる。

「また寿美子ちゃん連れてこいって。せっかく来てくれたのにお茶も出さなかったから、挽回させてくれってさ」

長い脚でペダルを漕ぐ栞は、スピードをわたしに合わせてくれているのがわかる。すっかり暗くなってきて、自転車のライトが点灯したぶんペダルがずしりと重くなる。

「いいのかな。お邪魔でなければ行きたいな。あっでも、寄り道になっちゃうのか」

「あんな校則ばかまじめに守ることないよ。もし誰かに見られてなんか言われたら、あたしが突然倒れて介抱するために立ち寄ったとでも言えばいいよ。それか今日みたいにいったん帰ってからゆっくりおいでよ、冬休みでもいいし」

栞のお兄さんは、県名を冠した大学の四年生だった。うちの姉と同い年だ。

東京の企業に就職が決まっていて、次の春には上京し独身寮に入るのだという。栞も都内の私大を志望しているので、うまくゆけば両親が訪ねてくるとき便利なように近くに住みたいのだと聞かせてくれた。

「うちにも遊びに来てね。何もないけど」

言いながら、彼の車の中のにおいを思いだしていた。父の車とも姉の車とも違う、男の人のにおい。運転する横顔を見ながら、自分が妙にどきどきしていたこと。自分の前髪がおかしくないか、異常に気になったこと。

この感情には、まだ名前をつけずに見守ろうと思っていた。


「御飯お代わりいる？　残りもう詰めちゃうけど」

「いい」

「あたしは少しもらおうかな。あ、ニュースつけよ」

『……によりますと去年八月、信者の女性が教団幹部である坂東一臣(ばんどうかずおみ)容疑者から暴行を受け……』

「ごめん、梅干しとって」

「はい」

「サンキュ」

『またその後、その件について相談をした神の直使と称する千倫斎、本名安原則之(やすはらのりゆき)容疑者からもわいせつ行為を受けたとして、警察に被害届が出されたものです。坂東容疑者と安原容疑者はともに不法監禁などの罪で検察庁へ送検され……』

——え？

聞き間違いではないことは、テレビ画面に映し出されたテロップが証明していた。「新興宗教の教祖と幹部 信者への性加害で書類送検」という文字の下、高丘宝天神示教会とはっきり書かれている。

「『安原則之』」

千倫斎の本名として伝えられた名前を、姉がぼんやりと復唱した。

『……また一部取材によりますと安原容疑者らは、信者から集めた入信料やお布施などの金の多くを教団に還元することなく私的に流用しているなどと、以前から運営方針等に関して内部で不満が溜まっていたとの調べもあり……』

おそるおそる母を見た。炊飯器の残りを保存容器に詰めるべくしゃもじを握ったまま硬直している。その視線はテレビに留めつけられたように動かない。今にもその手からしゃもじが滑り落ちるのではないかと、わたしははらはらした。女ばかりで用意した朝食が、ゆっくりと冷めてゆく。

ニュースが次の項目へ移り、どこかの動物園でカピバラの赤ちゃんが生まれたとアナウンサーがトーンを上げた声で話し始めても、母は空っぽの表情でぼんやりしたままだった。

受験が本格化し、三年生は自由登校になっている。進路の決まっているわたしはわざわざ雪の中を登校するつもりはなく、卒業式の練習がある日以外は休めるだけ休んでいた。でも、もしかしたら今日は登校したほうがよかっただろうか――。

「あ、蜘蛛」

姉が箸を持った手で壁を指した。母は夢から醒めたような顔をして視線を上げた。黒っぽい小さな蜘蛛が、窓枠の横をちょこちょこと歩いている。

久しぶりに母のあれを聞くことになるか、いやでも今はそれどころでは、そもそもあれは宝天教会の、と散らかった思考のまま目玉焼きに箸を伸ばしたとき、カンッ！ と大きな音がした。母がしゃもじを叩きつけるように置く音だった。

猛然と歩きだした母は、居間を通って寝室のほうから長い柄のついた粘着テープを持ってくると、壁に向かって勢いよく振り下ろした。

ごつっと鈍い音がした。姉がきゃっと小さく悲鳴をあげた。蜘蛛はまだ壁に張り付いている。

「ちょっ、お母さん」

再び、棒が勢いよく壁を叩く。ごつっ。

「お母さ……」

蜘蛛は今度こそ床に叩き落とされた。それを母はスリッパを履いた脚で踏みつける。だん、だん、だん。とうに絶命しているはずの蜘蛛を、何度も何度も執拗に踏み続ける。

よく見ると、白い壁にはうっすらと青っぽい色の傷が二本、斜めに走っている。蜘蛛の体液と思われるくすんだ色のしみも付着している。

粘着テープの柄から乱暴に手を離すと、母は荒く呼吸をしながら寝室へ向かった。慣れた身のこなしで押し入れの中段に飛び乗ると、伸びあがって神棚に腕を入れた。

次の瞬間、白いものが宙を舞った。

それが高丘宝天命の御神体だとわかった次の瞬間には、硬質なものが畳を打つ鈍い音がした。

「……ああ！　ああ！　もうっ！」

獣の咆哮のような唸り声が聞こえた。榊や、水や酒を供えていた小皿も、次々と宙を舞っては畳へと落下してゆく。

姉もわたしももう何も言えないまま、激情に身を任せている母を見守るしかなかった。

『みよたんでーす。ここでは雪が降り積もり始めてる季節だけど、みんな元気かにゃ？

風邪ひいてない??

このたび、妹が東京の私立大学に推薦合格しました！　いえーい!!

そう、みよたんが東京に付き添ったときのやつ。あたし幸運の女神かもね！（笑）

なんかね、日本文学を研究したいみたい。一緒に暮らしてるのに全然知らなかった！（笑）

そんなわけで我が家は今夜はお寿司でした〜!!

妹が東京で暮らすなんて、なんか嘘みたい。

みよたんはね、前にも書いたとおり仙台でひとり暮らしをしていたことがあるんだけど、いろいろあって地元に戻ってきたんだ。

今は無職。ニートってやつです。

今までちゃんと言って（書いて？）なくてごめんね。うすうす気づいていた読者さんもいらっしゃると思うけど。

自分で自分に胸を張るのに、誰の許可もいらないんだよね。

妹を見ていたら、なんだかあたしも頑張ってみようって思えたよ。もう仙台には戻らないけど。

明日、ハローワークに行ってみようかな。

※ブログランキングに参加しています。

下のバナーをぽちっと押してね！　お願いします♪』

正直なところ、ティースプーンひとさじぶんほどの不安はあった。母があんな形で高丘宝天神示教会に見切りをつけ、脱退したから。

何かばちが当たるのではないか。「よほどのこと」が起きて、指定校推薦の試験が不合格になってしまうのではないか。そんな不安や恐れを抱くほどには、自分も宝天教会の神性を——たとえ千倫斎が俗物だとしても——信じる気持ちを持ち合わせていたらしい。

でも、杞憂だった。相原先生は然るべきタイミングでわたしを職員室に呼び、でも一緒に廊下を歩いている途中で待ちきれずに「やったな」と笑顔でふりむいて肩を叩いた。あまりにもわかりやすいシーンだったため、廊下にいたシスターや他のクラスの子が拍手してくれた。昼休みだったので、結局そのまま職員室へ行き、小松先生にも報告を入れた。

合格が決まってしまうと、残りの日々は余生のようなものだった。女子高生という人生においての。

クリスマスを迎える講堂は装飾で荘厳な雰囲気に整えられ、静謐な空気が満ちる。窓には各クラスで分担して制作したステンドグラスが貼りつけられ、差しこむ光の加減で変化する色鮮やかな影を落とす。

毎年行われるクリスマスミサでは、各クラスの代表によるキャンドルサービスに始まり、合唱部の讃美歌や有志によるハンドベル演奏が披露される。卒業生のホームカミングデーにもなっていて、大勢の大学生や社会人に見守られて式は進められる。

神父様の長い話は毎年代わり映えしないけれど、いつものミサとは違う演出や敬虔な気持ちになれる時間が個人的には楽しみだった。

「お待たせー」

自分の声が講堂に響き、マイクを使ったかのように反響する。ひとりでマリア像を見上げていた栞がふりむく。

文芸部の場合、三年生の活動参加は任意になっているし、栞は夏でサッカー部を引退済みだ。だからわたしたちは、ほぼ毎日一緒に学校を出る。下校前にどちらかに所用が入った日は、この講堂で落ち合うのが習慣になった。

「行こ行こ」

一般受験する栞の勉強に付き合うため、唯一寄り道の許されている図書館へ立ち寄ることが最近は多い。今日も私立図書館で世界史をみっちりやるから付き合ってほしいと言われていた。栞は横に誰かがいるほうが勉強に集中できるタイプなのだと言う。

講堂を出てバス停へ向かう。肩をすくめ寒い寒いと言い合いながら最後尾に並ぶ。朝の雨は昼過ぎにはあがって、風の寒さだけが骨に染み入るようだった。

この季節は、四時にはもう薄暗い。なんとなく心の中までどんよりと翳りそうなこの時間帯が、以前は苦手だった。もしかしたら、潜在意識のどこかで「花いちもんめ」の記憶と結びついていたのかもしれない。夕陽に染まる校庭で経験したみじめな思いが、魂に焼きついてしまっていたのかもしれない。

けれど今は、そんなことなど感じさせない友達がいてくれる。そのことが今、しみじみとありがたかった。

バス停には二十人ほどが並んでいた。飛んでくる視線を肩でふりきるように、栞は颯爽と歩いてゆく。

最後尾まで来たとき、見慣れた顔があった。

「あれ」

「あっ」

れいちゃんだった。

対面するのはずいぶん久しぶりな気がした。髪が伸びて、首のところで結んでいる。持っている傘も以前彼女が使っていたピンクの花柄のものではなく、コンビニで売っているようなビニール傘だ。

元気？　と言うのもなんだか違う気がして、胸のところで小さく手を振る。れいちゃんも同じように手を振りながら、こちらを観察するような目を向けた。そして、小さな口を開いた。

「大学、おめでとう」

祝福されているのだと脳が理解するのに少し時間がかかった。

「あ、ああ、うん。ありがとう」

知っていたのか。そりゃそうか、スピーカーと呼ばれた金沢温香とセットで行動するような子だものな。

大学のことは、なんとなくれいちゃんには直接伝える気が起きず、またその必要も感じず、そのままになっていた。そもそも栞と麻紀と進藤さんと文芸部のみんなにしか知らせていない。

一般入試に臨む人が圧倒的に多い中、推薦合格というのはデリケートな話題だ。頃合いを見て少しずつ周囲に伝え、話が広まるのに任せるものらしい。

れいちゃんは数秒間、わたしと栞を見比べるように眺めた。その口角がきゅっと持ち上げられるのをわたしは見た。

「浪岡さんって寿美子さんち行ったことある？」

はっとした。心臓が嫌な感じに跳ねる。一瞬にして彼女の意図を察したから。

「ないけど」

「ふーん」

れいちゃんが意味ありげに微笑んだところでバスが来た。三人一緒に車内に詰めこまれ、栞を真ん中にして縦一列に立つ。わたしにはふたりの顔が見えない。車内はざわめきと雑多なにおいで満ちてゆく。校則で香水は禁止されているけれど、それでも乗客が女子高生ばかりだと、化学的な香りと体臭が混じり合った独特のにおいが漂う。

「浪岡さんって私立文系だよね」

「うん」

「授業って難しい？」

「うん？　まあ」

美術の授業のときのように、れいちゃんはわたしなどここにいないかのごとく栞にばかり話しかける。何かわたしに不利益なことを語りだすのでもないかぎり放っておこうと思い、窓の外ばかり見ていた。路肩に積み上げられた雪は土と混じり合って茶色い。見慣れた風景が通り過ぎてゆく。

図書館へ行くには、終点である駅西口の三つ手前で降りる。手すりに取りつけられた降車ボタンを押そうとしたとき、れいちゃんの声が放たれた。

「寿美子さんちってね、おもしろいんだよ」

ピンポーン。次、停まります。別の誰かが押したボタンと連動したアナウンスが鳴り響き、しかし次の言葉もクリアに聞き取れた。

「蜘蛛が出るんだよ。でもね、殺しちゃいけないんだよ」

体が強張る感覚は久しぶりだった。

「お母さんがね、なんか虫とか殺しちゃいけない宗教に入ってるんだって」

車内のざわめきが一瞬波のように引いたのは、自分の気のせいではないはずだ。

「蜘蛛が出てくるとね、呪文みたいなの唱えながら外に逃がすんだよ。殺さないから、家の中、しょっちゅう虫が出るんだよ。うけるよね」

視線を動かすことができなかった。栞がどんな顔をしているのか、怖くて確認できない。前に立っている聖永高の誰かの背中の、コートの繊維をじっと見つめることしかできなかった。

バスが減速し、停車しても、足が床に打ちつけられたように動かない。栞も降りようとはしなかった。

停車ボタンを押した人は車両の前方に乗っていたようで、その人が降りるとドアは閉まり、バスは再び動きだした。我が家の情報を栞に吹きこんだれいちゃんは満足したのか、もうその声は聞こえてこない。結局そのままいつもどおり駅まで運ばれてしまう。

強張ったままの体で鞄から定期券を探り出し、運転士に見せながら降車する。バスの車体から少し離れ、栞とれいちゃんが降りてくるのをぼんやりと見ていた。

れいちゃんはいきいきと頬を上気させていた。わたしのほうへ来ようとしている栞の横にすかさず並び、反応を引き出そうとするようにその顔を覗きこみながら再び口を開いた。

「ね、おもしろいでしょ、寿美子さんち。お姉さんは仕事しないで家にいるし、お母さんはなんとか教っていう宗教なんだもん、ね？」

最後の「ね？」はわたしに向けられていた。

間に挟まれた栞がゆっくりと瞬きをしているのが見えた。美しいその睫毛が上下するのを見たとき、突如として強い悲しみと憤りが濁流のようにわたしの胸に流れこんできた。

「──それ、言わないでって」

言わないでって、頼まなかったっけ。

秘密にしてほしいって、お願いしなかったっけ。

っていうか、お母さんはちょうどあの教団を脱退したばかりなの。姉だって最近、ハローワークに通って仕事探してるの。でもそんなことあなたに関係ない。れいちゃんには関係ない。

喉をせりあがってきた言葉は口から放出されることなく、音も形も持たずに消えてゆく。言ったところで、フェアであることに興味のないこの友人に通じるはずがない。その絶望感が唇をずしりと重たくし、口の中で舌が固まったようになる。

「寿美子さん、昔からあんまり友達いなかったもんね。友達できますようにってお祈りしたのかな。浪岡さんが仲良くしてくれてよかったね」

れいちゃんはなおも喋り続ける。おもしろがっている。わたしの評価を下げ、ダメージを与える言葉をいくつも瞬時に生成して、栞の反応を見ている。

そういうときばかり頭がよく回転するのだ、この子は。大切な約束を破ることに何のためらいもないのだ。わたしに恥をかかせ、居場所を奪うことが娯楽なのだ。

——さすがにそこまではしないと思ってたのに。その程度の理性や良識はあると信じてたのに。

視界がぼやりとにじみ、駅舎も友の顔も歪んで見えた。指が、膝が、脚が、震え始める。

「合格したのも宗教のおかげなんだったらすごいね、うける」

「うるさい！」

自分でも驚くほど大きな声が出た。れいちゃんがびくりとしたのがわかった。

「ちっともうけない！　れい……れいちゃんの『うけるよね』でうけたことなんて、一度もないっ」

舌をもつれさせながらも、わたしは叫ぶ。ようやく直視したれいちゃんの顔は小さくて、大人っぽい栞と比べてあまりにもあどけなく見えた。一瞬自分が子どもを怒鳴っているかのような錯覚を起こし、かすかな罪悪感が芽生える。でも、違う。そうやっていつも、自分の心を殺してきた。

「わたしにならなんでも言っていいと思ってるんだろうけど、そういうのすごく、すごく軽蔑する」

言いきった瞬間に、涙がぼたぼたと勢いよくこぼれ落ちて冷えた頰を濡らした。バスターミナルを出入りする人々の視線を感じる。栞の表情を確認することもできない。こんな自分を晒してしまうことが怖くて、情けなくて、新しい涙が次々にこみあげてくる。

「メールで人の悪口ばっかり言ってるのだって、知ってるんだからっ！　わたしはださくて、大食いで、まじめすぎて他人とずれてるんでしょっ」

もはや怒りの重心が定まらない。鬼の形相で落涙している自分はさぞかし醜く、滑稽だろう。わずかに目を見開いたままのれいちゃんの顔が、みるみる赤く染まってゆく。八番線に自宅方面行きのバスが停まっているのがれいちゃんの肩越しに見えた。並んでいた人たちが少しずつ車内に乗りこんでゆく。一瞬、ダッシュして飛び乗ってしまいたい衝動に駆られたけれど、もう引っこみがつかなくなっていた。

震える手に力を入れ直して鞄の持ち手と傘の柄をぐっと握りしめ、洟をすすりあげて、れいちゃんの小さな顔を見据える。苺の飴を何度もくれたれいちゃん。一緒にムクを撫でまわしたれいちゃん。甘いものが好きなくせに生クリームが食べられないれいちゃん。雨の中、霊柩車に乗りこむれいちゃん。夕暮れの校庭で、わたしの名前を呼んでくれなかったれいちゃん。

「言いたいことあるなら言って」

体中を駆け抜ける負のエネルギーに突き動かされて、言葉が飛び出してくる。涙と鼻水で、喉が塩辛い。

「他の人を巻きこまないで、ちゃんと、直接言ってよ」

そうだ、わたし、ずっとそう伝えたかったんだ。

れいちゃんの口元がわずかに痙攣（けいれん）するように震えた。そのまま一歩、二歩と後退したかと思うと、くるりと身を翻して駆けだした。

発車しようとしている八番線のバスに駆けこんでゆくれいちゃんが、人形のように小さく見えた。


楽しみにしていたクリスマスミサには参列できなかった。全身に発疹が出たから。腕、脚、腹、腰、背中、胸。痒くて醜い赤いぶつぶつは、中三のときよりも広範囲に広がった。

ほとんど服で隠れる部位とは言え、痒くてたまらず、とても外へは出られない。大きいものだと小豆ほどもあるぶつぶつはあまりにもおぞましく、自分がイボガエルになったみたいでひどく気が滅入った。火曜の夜に症状が出て、クリスマスイブの水曜、クリスマス当日の木曜と、二日続けて学校を休むことになった。

皮膚科へは水曜の午前中に行ってきた。前回診察してもらった皮膚科は閉院してしまっており、代わりにA高校の近くに新しくできた皮膚科へ姉の車で送ってもらった。

「痒疹（ようしん）ですね」

髪を短く整えた女性の医師は簡潔に言った。ようしん、という聞き慣れない響きをわたしは口の中で繰り返した。前はただ発疹としか言われなかった気がする。

「痒いと書いて、『よう』と読みます」

「ああ、『痛痒』の『痒』ですね」

「……難しい言葉を知ってますね」

医師は笑いながらかたかたとパソコンに文字を打ちこんだ。

「ええと、三年前ね。そのときも数日で治ったんでしょう？」

「はい。でも、今回そのときよりも酷いです」

「原因が虫だったり悪性のものだったりするとちょっと深刻なんだけど、これはちゃんと消えると思うから安心して。もし薬を飲みきっても消えないようだったらまた来て」

最後はやや砕けた口調になり、抗生物質と抗ヒスタミン薬、ステロイドの塗り薬を処方してくれた。院内処方なので、薬局を回らなくて済むことにほっとした。一刻も早く家に帰って布団をかぶり、この醜い体を世界から隠して寝ていたいという気持ちでいっぱいだった。

「原因はなんだって？」

帰り道、運転席の姉がたずねてくる。平日の午前中に制服も着ずに外にいることが新鮮だった。

「……なるべくストレスを溜めないで、だって」

学校指定ではないカーキ色のダウンコートを着こんだ腕をぎゅっと抱えこみ、蚊の鳴くような声で答える。

医師に言われたことには心当たりしかなかった。れいちゃんへの憎悪が過去最大レベルで迸(ほとばし)った直後に発症したのだから。

「ストレスかあ、大学も合格したのにねえ。なんか嫌なことでもあるの?」

「まあ……いろいろ」

「クリスマスだっていうのにねえ」

姉は特に原因を深掘りしようとせず、「ああ、せっかく雪もないしドライブでもしたいなあ」などとつぶやきながらハンドルを切る。花の名前を冠した養護老人ホームや町の規模に見合わない大きな靴屋を通りすぎ、車は見慣れた住宅街へ入ってゆく。

「ドライブといえば、最近れいちゃんは元気?」

姉の口から突然その名が出てきてぎょっとする。

「……え、どういう脈絡?」

「ん? ほら、親子キャンプの帰りにドライブしたときれいちゃんも乗ってたじゃない。なんかちょいちょい思いだすんだよね、運転してると」

冷凍食品が解凍されたように、記憶が突然生々しさをもって立ち現れた。

そうだ、姉が中三でわたしが小五だった。地域の有志が主催していた親子キャンプというイベントが毎年夏休みに開催され、姉の受験勉強の気晴らしに参加してみようということになったのだった。

我が家は全員で参加した。地元のアウトドアのプロが数名同行してくれるため、親子キャンプと言いつつ子どもだけの参加も許されていて、れいちゃんや真奈さんなども単独で参加していた。

オリエンテーリングにカレー作り、キャンプファイヤー。ごくオーソドックスなイベントをこなし、グループごとに設営したテントで蚊に刺されながら眠った。翌日父の車で帰ろうとしたら、キャンプ場の駐車場にれいちゃんがぽつんと立っていた。どんな事情だったかは忘れたが、とにかく迎えには来られないと冴子さんに言われて途方に暮れていたのだった。ごく自然な流れで、父の車で一緒に送り届けることになった。当時は今と違い、我が家の自家用車は最大八人ほど乗車可能なワゴン車だった。

「そうだった、それでなんかお父さんがはりきってドライブとか言って、無駄にぐるぐる走って。工場のほうとか、市場のほうとか」

「そうそう。お父さん、よその人がいると無駄なサービス精神発揮して痛々しいほどはりきっちゃうときがあるよね。キャンプで疲れて早く帰りたかったろうに、お父さんがベらべら喋って遠回りするから、れいちゃんが迷惑そうな顔してたのよく覚えてる」

そうだった——わたしもかすかに覚えている気がする、れいちゃんの表情のない顔を。キャンプの直後で疲れていたためだろう。でもそれだけでもないような気がする。小学五年の夏と言えば、れいちゃんはその少し前、梅雨時にお父さんを亡くしたばかりだったはずだ。

あのとき既にれいちゃんが、わたしや我が家に対して後ろ暗い感情を抱いていたとすれば。それから何年も経って母の口から放たれた言葉がどんなふうに彼女に響いたか、想像するだけで胸の奥が冷える。

全身のぶつぶつがいっそう痒くなった気がして、わたしは自分の体を抱きしめるようにぎゅっと腕を抱えこんだ。

木曜日は死んだように寝ていた。あまりにもいろいろな感情が自分の中を出入りしたせいで、すっかり疲弊していた。

痒みのピークは過ぎたようで、痒疹のひとつひとつもやや小さくなっている。それでもすっきり元に戻るのか不安で、布団をきつく抱えこみ蛹のように丸まった。


辛いとき呼んでください台風の兆しみたいで泣きそうだから

想いとは新月のようあの空にあるようでない、ないようである
吐き出した息はどこまで美しくきみは心に夜を飼うひと

打矢さんからの短歌が届いた。

「夜を飼う」という言葉に少しどきりとする。「きみ」とは、わたしのことだろうか。自分がずっと何かを見ないふりしているようなもやもやが胸にせりあがり、ゆっくりと霧散してゆく。だめだ、今はとても繊細な思考ができそうにない。

再びまどろみかけたとき、チャイムの音を聞いたような気がした。構わず瞼を閉じたと思ったら、ドアが雑にノックされて母が顔を出した。

「お友達が来てるんだけど、どうする？　ナミオカさんだって」

わたしはがばりと跳ね起きた。パジャマの上にカーディガンを引っかけ、ざっと髪を整えて階段を駆け下りる。

栞は小さな包みを持って我が家の玄関に立っていた。細身のジーンズの上にニットのワンピースを着て、黒のダウンジャケットを羽織っている。彼女のいる空間だけ空気が清浄になったように感じた。

「大丈夫？　具合」

「嘘……ありがとう、うん、大丈夫。大丈夫じゃないけどたぶん大丈夫」

「何それ」

ククッと喉を鳴らして笑いながら、持っていた赤い包みを差し出してくる。

「メリークリスマス」

「え」

「学校で渡そうと思ってたんだけど、来なかったから。SARSとかじゃなさそうで安心したよ」

栞に見守られて、不織布の袋に結わえられたリボンを解く。青いフォーマルなチョッキを着た、小さな白い熊が出てきた。

「なんとなく寿美子っぽいと思って。ショーワ堂で買ったんだけどさ」

「ありがとう……」

しみじみと嬉しくなって、小さな熊を胸に抱きしめる。携帯電話も開かずに眠り続けていたので、栞に何も連絡していなかったことに思い至る。学校へは体調不良でとしか伝えていなかったから、心配してくれたのだろう。自転車で転倒したわたしに投げかけられた冷ややかな視線が思いだされた。あのときと、なんて対照的なのだろう。

「休んじゃってごめんね。痒疹っていうのが全身にばーっと出ちゃってて。発疹の痒いやつ」

「え、大丈夫なの？　それ」

琹がぎゅっと眉を寄せると、ギリシャ神話の彫刻のような顔になった。こんなに美しい人に心配されていることに現実感がない。そもそもこの数年間、家族以外でわたしの体調を真剣に気にかけてくれる人がいただろうか。

駅前での自分の醜態を思いだし、かっと顔が熱くなった。あのあと、琹はわたしを支えるようにして一緒に八番線のバス乗り場まで移動し、次のバスが来るまで一緒に待っていてくれた。ずっと無言だったけれど、彼女のあたたかい気持ちが伝わってきたおかげで、わたしはなんとか嗚咽をおさめて帰宅のバスに乗ることができた。

「あの……ごめんね、この間は」

「え？　ああ」

琹はふわりと微笑んだ。文化祭の日の、他人に緊張感を与えるだけの存在に思えた浪岡琹はもう、どこにもいない。

「巻きこんじゃって、ほんとにごめんね。恥ずかしい」

「別に。っていうかあの子の言ってた蜘蛛ってさ、ハエトリグモのことでしょ？　ダニとかゴキブリの幼虫を食べてくれるやつ。ってことは、寿美子の家ってすごいきれいなんだろうなって思ってたんだけど、ほんとにきれいだね」

玄関のあちこちに目線を走らせながら栞が言う。その無邪気さが精神の成熟を表している気がした。

あのとき、栞がいてくれてよかった。今になってつくづく思う。れいちゃんと自分しかいなかったら、きっともっとためらいなく醜悪な言葉を投げつけていただろう——「自分の薄汚さに胸が痛くなったりしないの？」とか、それ以上のことを。

「上がっていってもらったら？」

背後から母が声をかけてくる。よそ行きの声音が少しおかしかった。

「わざわざ来てくれてありがとうね。おいしいキウイがあるんだけど、食べていかない？」

「あ、もしかしてそれうちのキウイですかね」

「やだ、キウイをくれたお友達なの？　早く言いなさいよ、寿美子」

宝天教会を脱退した母は、娘に敬称をつけることはしなくなっていた。

「せっかくですけど兄を車で待たせているので失礼します。また冬休み中にでも」

お大事にね。兄と聞いてどくんと胸を高鳴らせるわたしに、栞は片手を上げて背を向けた。彼女が開いたドアの向こうに白い車が見える。

こんな酷い姿を晒すことはできなくて、美しいきょうだいを乗せた車が去ってゆくのを、大げさに手を振る母の背中に身を隠しながらそっと見守った。

「彫像みたいにきれいな子ね」

エンジン音が完全に消えたあと、母が胸に手をあててしみじみとつぶやいた。


「"Get a life!"だな」

塁(るい)さんは吐き棄てるように言った。

「『命を得よ』……？」

わたしが直訳すると、彼はぶっと吹きだした。嫌な笑いではなく、むしろ親しみがこめられているのがわかって、胸の中が甘酸っぱくなってくる。

冬休みが始まってすぐ、栞の家に招かれた。痒疹はすっかり消えて、いちばん酷かった腰回りにわずかに赤い斑点が残っている程度になった。

どこか異国の香りを感じるインテリアが彩る浪岡家のリビングでお茶を飲んだ。そこには当然のように栞のお兄さんも加わった。

塁さんというその名前をわたしは今日、初めて知った。息子には野球をやらせたい、娘には本をたくさん読んでほしいという親の願いが名づけにこめられているのだという。

逆なんだよな、とふたりは笑った。

「兄はとことん文化系でスポーツは苦手、妹は本を読むよりボールを蹴るのが好き。皮肉でしょ？」

自嘲的に笑う美しいきょうだいを見ているだけで、自分の中に張りつめていた硬質なものがじわじわと溶かされてゆくのを感じる。

ささやかな手土産として我が家の庭で積んできたミントを浮かべた紅茶にふうふうと息を吹きかけているうちに胸の中が温まり、そしてわたしは問わず語りにれいちゃんとのことを語っていた。

幼い日々のこと、花いちもんめのこと、一緒の通学時間のこと。母の無神経な言葉と、宗教について秘密を握られていたこと。先日のあのバスターミナルでのことまでたどり着いたとき、塁さんが「Get a life!」というフレーズを口にしたのだった。

「英語圏のスラングだね。『もっとましな人生を手に入れろ』ってことでしょ。端的に言えば『暇かよ！』みたいな」

ハローキティのプリントされたゆったりとしたトレーナーを着て、椅子に背を預けている栞が補足する。結構な勢いでポテトチップスの袋に手を伸ばしばりばりと食べているのに、ちっとも品を損なわないのが不思議だ。生まれ持ったオーラというのはそうそう簡単には剝がれ落ちたりしないのだろう。

「ああ……なるほど」

意味を理解して、わたしは赤べこのようにうなずいてしまう。

「まじでそうだろ、そのれいちゃんって子。自分の人生を生きてないよ。亡霊と一緒だよ」

亡霊。思いがけずきつい塁さんの言葉はわたしの胸に刺さった。

実際、そう思う。なぜいつもいつも他人のネガティブな面ばかりおもしろがり、下世話な噂をふりまき、他人を見下して笑っているのだろう。せっかく健やかな体で生まれ、戦争もない国に生きているのに。

彼女が本当に自分の本来の生を生きているように見えるのは、あの庭でムクとじゃれ合っているときくらいだったようにわたしには思える——ごく幼い日々を除いては。

「やっぱり……お母さんがあんなこと言ったとき、その場でちゃんと怒って訂正させればよかったのかな。いやそれも違うか」

「違うよ」

きょうだいの声がシンクロする。ふたりは視線で譲り合い、琹が口を開く。

「そんな難しい状況、完璧な対応できる中学生なんていないないでしょ」

「そうだよね」

蘇りかけたあのときのれいちゃんの不穏な笑顔が、栞の言葉のおかげで形をとる前に消えてゆく。

「それかやっぱり、わたしの存在がれいちゃんの後ろ暗い欲求を刺激してしまうのかな」

ティーカップをソーサーに戻して、そっと息を吐いた。このきょうだいと話していると、思考がどんどん解放されてゆく快感がある。

「わたしって基本的に人の顔色見ちゃうタイプだし、理不尽なことに対してぱっと反応できるような瞬発力もないから、れいちゃんにとっては都合がよかったのかな。人の優位に立ちたいっていう欲求を簡単に満たせるから」

「それって、言ってみれば劣等感の裏返しなんじゃない？」

我が事のように怒り、同時に冷静に分析してくれてもいる塁さんが、また持論を述べた。眼鏡の奥で、栞と同じ長い睫毛が上下している。

「劣等感……」

れいちゃんをうらやましがらせるようなものなんて、わたしには何もない。そう言いかけて、親子キャンプの帰りのあのドライブのことが蘇った。深い記憶の沼からつい最近引き揚げたばかりの、小さな思い出。車の中で我が家がぎゃあぎゃあ騒いでいる中、顎を引き、硬い表情でずっと黙りこくっていたれいちゃん。

「やっぱりほら、身近な友達が両親と楽しく暮らしてるのを目の当たりにするだけで、思うところがあるんじゃないかな」

　塁さんがわたしの心を読んだように言う。

「でもそんなのわたしだけに……限らないし……」

「嫉妬って何がきっかけで生まれるか自覚しにくいものじゃん。別に両親が揃ってさえいれば幸せなんてことは全然ないけどさ、彼女の中ではやっぱり埋められない欠損だったのかもしれないし」

「そんなふうにも考えたんです、わたし自身、自分の特権に無自覚でいることでれいちゃんを傷つけていたのかもしれないって。でももしかするとそれも、よくあるストーリーを勝手に彼女に当てはめようとしていることになりそうな気がして……」

「寿美子ちゃんはフェアだね」

　塁さんが表情を緩め、ふわりと微笑んだ。

　そんなことないです。わたし、他人の携帯をこっそり盗み見るような卑怯な人間です。そしてそれを今この場で言えないようなアンフェアな人間です――。心の中だけで告解する。

ただ、背景を汲み取ってあげすぎるのも違うと思うのだ。れいちゃんが自分を特別視されたくないのであろうことは、誰よりも自分が知っているから。それに、れいちゃんの両親が揃っていた頃からわたしたちは花いちもんめに興じていたのだから。

「あの子もさ、自分で自分を苦しくしちゃってることにいつか気づけるといいね」

栞が目を細める。自分の汚した水で死ぬ金魚をわたしは思った。

「日本って息苦しいよね、学校も人間関係もさ。みんな同じ方向を向かされて、なんか透明の、見えない箱にでも入れられてるみたい」

「同調圧力みたいなものがあるよな」

「『空気読め』っていう文化、ほんと苦手。空気って読むものじゃなくて吸うものでしょ」

「たしかに」

そこからドイツの話題になった。一家はベルリンの旧東側、ミッテという地区に住んでいたという。

街はおしゃれで個性的な老若男女であふれていること。電車には自転車もペットも乗せてよく、定期券はバスから地下鉄、船に至るまで共通で使えること。店に入れば店員さんと必ずハローと挨拶し合うこと。日曜日はほとんどの店が営業しておらず、二十四時間営業のコンビニなんてないから、生活に必要なものを切らしたまま土曜日を迎えると窮地に陥ってしまうこと。

　わくわくしていた。創作ではない実体験のエピソードの数々が、わたしの中の閉じていた領域を押し広げ、鮮やかに染めあげてゆく。

「学校の給食さ、単品でパンケーキだけ！　とか、じゃがいものクリームソースがけだけ！　とかだったりしたよね」

「自分の誕生日にはさ、クラスの人数分のケーキとかマフィンを持っていってみんなにふるまうんだよね。あれは謎のイベントだったよなあ」

　こんなにも知的好奇心が刺激され、満たされてゆく感覚は久しぶりだった。ストローでジュースを勢いよく吸い上げるように、わたしは貪欲に彼らの話を傾聴した。

「やっぱりクリスマスマーケットが圧倒的だよね。格が違う」

「ああ、ジャンダルメンマルクトのあれはさ……店の数も規模も、なんなら電気の使用量もドイツ一なんじゃないかってくらい、びっかびかに眩しくて賑やかだったね」

「いや世界一でしょあれは絶対」

「焼きたてのプレッツェルにかぶりつくのがたまらなかったなあ」

「ドイツでは『ブレーツェル』なんだよね。あと、あのちょっと酸っぱい黒パンも好きだった」

「いいなあ……行ってみたい」

想像力が追いつかなくて、憧れの溜息ばかりになる。塁さんがこちらを見た。その眼鏡のレンズ越しの眼差しに、わたしの心の水面が波立つ。

いいのだろうか。友達のお兄さんにこんな感情を抱いても。惚れっぽい温香のことをもう笑えない気がする。

「寿美子ちゃんは小説を書く人だもんね。海外、一度は行ってみるといいよ。視野が広がるし、なんだろう、自分にも相手にもゆとりを認め合う気質の国に行くと肩の力が抜けると思う」

「ちなみに冬はマイナス20℃になることもあるけどね、ベルリン」

「うわ、それはちょっと」

三人で笑い合う。もし以前から自分にこんな時間があったなら、れいちゃんとの関係をもっと淡いものにできたのかもしれないな。母にとっての千倫斎のように、自分もれいちゃんをひとつの絶対的な存在として扱いすぎていたのかもしれないな。ティーカップの底にへばりついたミントの葉を見ながら、凪いだ心でそんなふうに思った。

何か思惑があったのか、帰りの車に栞は乗らなかった。夕暮れに向かって突き進むように走る車に、ハンドルを握る塁さんとわたしはふたりきりだった。

十八年間生きていて感じたことのないような甘やかな息苦しさに胸を支配され、自分が何を喋っているのかよくわからない。さっきまで滑らかに会話していたのが嘘のように緊張して、自分の鼓動の音が聞こえそうだった。

じじっ。膝に抱えた鞄の中で、携帯電話がかすかに振動した。次の角を曲がったらあと数分でうちに着いてしまうというところだった。

「電話、鳴ったんじゃない？」

前方に視線を据えたまま塁さんが言う。

「あ、大丈夫です」

「彼氏からのメールかもよ？」

思わず塁さんの顔を見た。その頬がわずかに赤く染まっているのが夕陽のせいなのかどうか、うまく判別できなかった。

「いま、いませんよ、彼氏なんてっ」

怒ったような声になってしまった。脈拍がどんどん速まるのを感じながら乱暴に鞄に手を突っこみ、携帯電話を探りだす。打矢さんからのメールだった。

矢のごとく想いは走り絶対にこの夕暮れをきみも見ている

「短歌が届いたんです」

「タンカ？」

「もしかしたら、相聞歌（そうもんか）かもしれなくて」

「ソウモンカ？」

「すみません、ちょっと電話かけます」

説明のつかない衝動に突き動かされて、そのまま打矢さんに電話をかける。トゥルルルル、トゥルルルル。ぷちっと通話に切り替わる音がして、わたしは助手席で背筋を伸ばした。

『……もしもし』

「打矢さん、急にごめん。今、平気？」

『──はい』

何を言われるのか、もう悟ったかのような声だった。

「わたしね、どうやら好きな人ができたみたいなの」

運転席の塁さんがこちらを見たのがわかった。視線を浴びる体の右側が、熱い。

『……はい』

「どうやら、そうみたいなの」

『……はい。応援してます。沢田先輩は素敵な人だから絶対大丈夫です』

「うん。ありがとう」

『最後の合評会、絶対来てくださいね』

「うん、もちろん」

通話は静かに切れた。

そのまま無言のドライブとなった。夕映えの下に自宅の屋根が見えてきたとき、

「春休み、スケートにでも行く？　ふたりで」

塁さんがぼそりとつぶやくように言った。

その晩、寒い寒い冬のクリスマスマーケットを三人で練り歩く夢を見た。プレッツェルやワッフルを手に、何度も人にぶつかったりぶつかられたりしながら、電飾の輝くたくさんの店を覗いて回る。自分の両隣にぴったりとくっついている人の顔はよく見えなくて、でもそれが栞と塁さんであることはわかるのだった。

参加できなかったクリスマスミサよりもずっとすばらしいものを体験できた気がして、目が覚めてからもあたたかな余韻が胸からしばらく去らなかった。

『みよたんでーす。今日もとびきり寒いけど、みんな元気かにゃ？

お知らせがあります。

なんと！　このたびみよたん、お仕事を始めました……！

料理が得意（たぶん……。）だからそれを活かせないかなって思って、地元の老人ホームの厨房の調理スタッフに募集したんだ。

実はここのところずっと真面目に求職活動してたんだけど、調理師免許が不要の案件ってなかなかないんだね。

栄養士さんの監修した決まったメニューを作るだけだからオリジナリティとか問われるわけじゃなくて、やりがいがあるかと言われると正直ビミョーなところだけど、料理のレパートリーが増えそうな予感はある。

食事のまかないが出るのも嬉しいかな♪　あと、めっちゃ汗かくからちょっと痩せた。

勤続年数が上がると契約社員への打診もあるみたいだから、まずはパートからだけど頑張るよん。応援してね！

おかげさまで、ブログランキングで初めてランクインすることができました！　信じられない！　みんな本当にありがとう。愛してる!!（感涙）

でもね。せっかくだけどこのブログ、そろそろ閉鎖しようと思っています。

実はね。みよたん、自分の都合で小さな命を終わらせたことがあるんだ。

その子のことを忘れたことは一日もなくて、後悔や罪悪感に押し潰されそうで、ずっとずっと苦しかった。

無理やりにでも前を向こうって思って、世界の片隅でこんなブログを始めてみたんだ。

でも昨夜、その子が夢に出てきたの。またいつか会えるから、もう悲しまないでいいよって言ってくれた。女の子だった。

だからね、もうパソコンの画面の中じゃなくて、リアル世界にハッピーを見つけに行こうと思う。

こんな駄文をここまで読んでくれて、本当にありがとうね。

あなたのハッピーシステムの構築を一ミリでもお手伝いできたなら、幸いです。』

怖かった、という感想をもらうのはおそらく初めてだった。

自分が寄稿できる最後の『海鳴り』。迷って迷って、最終的に「あの子がほしい」という短編を書いた。年末に帰省した父が合格祝いに買ってくれたパソコンを使って、冬休み中に一気に書き上げた。

主人公の三恵子（みえこ）は、花いちもんめで一度も指名されたことがない。せめて幼なじみのさっちゃんが相手チームにいるときくらいは名前を呼ばれたいと願う。それも叶わぬまま高校生になった三恵子は、複雑な感情を抱いたまままさっちゃんと一緒に通学し続ける。特別なことは何も起こらない。転校生も死にゆく祖父もヤンキーもサロメも堕胎した美女も出てこない。

「なんでしょう、なんかすごく怖かった」

成田さんが胸を押さえながら言う。

「地味な話なのに……何か特別な出来事が起こるわけではないのに、自分の魂がヌルッと物語の中に入りこんでしまった感じでした」

「わかります」

打矢さんが引き継ぐ。

「全体的にコントロールが利いてて、主人公がわかりやすい心の破綻を見せてこないぶん、飽和状態になった感情がどうなるのか気になって気になって。内省的な部分とハイテンションとがあって、物語の枠組みみたいなものをはめこまずにある時間の流れを見せている感じが、すごく巧みだと思います」

「なんだろ、主人公の暗さとか後ろめたい欲求を肯定しているみたいで、それが意外でした」

やまももちゃんが無邪気に言う。その校則スレスレのカールへアもそろそろ見納めだ。

「なんか、いや、心理描写があんまりにもリアルでつらくなっちゃって。もし作者の実話だったらどうしようって心配になっちゃいました。つらいと思ったら即時、そう言えばよかったのに……フィクションでほんとによかったっていうか」

「実話でもいいんじゃないでしょうか」

菅原さんの感想が最後に出るのは、ごく珍しいことだった。

「実話でも実話じゃなくても作品の価値に変わりないっていうのは自明のことだけど、少なくとも自分は、こうやって世界と折り合いをつけながら生きてきた三恵子がすごく尊いし、いとおしいと思いました。傷を負いながらも存在していてくれてありがとうって思いました、心から」

はっと顔を上げた。

「純度の高い好意や友情しか感じない時間が存在したからこそ、三恵子は苦しんだんだと思います。感情の両極を気まぐれに表す行為は、相手を精神的に支配することになり得るから。それでも三恵子には、どうしてももう一度見たい景色があったのだと思います」

向かいに座り淡々と評する菅原さんは本誌に目を落としたままだ。でも、彼女はぜんぶわかっているのだろうという確信があった。その隣に座る打矢さんと目が合う。小さく顎を引きながら微笑してくれた。

喉の奥に熱い塊がこみあげる。涙がこぼれないよう目を閉じると、瞼の裏で光の残滓が砕け散った。

結局、わたしはこうやって、自分の内臓を切りだすようにして書くことしかできないんだ。想像だけで豊かに物語を紡ぐのではなく、浴室の排水溝のカビのように自分の内側にこびりついたものをかき集めて形にすることしかできないんだ。

でも、それを気に入って、尊いと言ってくれる人がいる。暖かい毛布をかけるように、やさしく肯定してくれる人がいる。だからわたしは、この世界を諦められない。

こらえたつもりの涙がとうとう制服のスカートにぽつりと落ちて、小さなしみを作った。

「ね、この雨戸ってどうして開かないんでしたっけ？　別に開けていいんですよね？」

しんみりした空気を打ち破るように明るい声を出した成田さんが、誰の返事も聞かずに窓辺に近寄り雨戸に手をかけた。

「よい……しょっ」

成田さんの白い手の甲に筋が浮くのを見ていると、がらがらと派手な音を立てて雨戸が窓枠から浮いた。一年生のふたりが加勢する。よいしょ、よいしょっ。

雨戸が持ち上がってゆくにつれて、誰かの内臓の中のように薄暗かった部室に自然光がたっぷりと差しこんでくる。思わず目を細めた。光の中を、細かい埃が舞っている。

最後はやまももちゃんが窓枠に飛び乗って雨戸を押し上げた。文化部の部室棟は中庭の端に位置していて、窓の外には植えこみの緑が広がっている。

「ガーデンビューって言うんですかね、こういうの」

打矢さんがつぶやき、「ガーデンビュー！」と菅原さんが呼応して、みんなげらげら笑った。わたしも笑いながら、どさくさに紛れてすばやく目頭を押さえる。笑いすぎて涙が出たふりをして。


部屋探しのために東京と地元を往復したり、思いきってドライビングスクールに通って運転免許を取ったりしていたら、卒業までの日々は瞬く間に過ぎた。

卒業式の日はこの地域らしく曇天で、わずかに雪がちらついていた。見納めのマリア像、歌い納めの校歌に聖歌、聴き納めのパイプオルガン。相原先生は意外にも号泣しながらわたしたちを送り出してくれた。

それぞれのクラスで最後のホームルームを終え、いっせいにグラウンドにあふれ出る。在校生も教師も校舎を出て送り出すのが習わしなので、卒業生の家族やOGたちとも交じり合いカオスだった。小松先生に駆け寄って泣く佐藤さんを意外な思いで見ていたら、打矢さんがそっと寄ってきた。『海鳴り』よりもひとまわり小さな冊子をわたしの胸に押しつけて走り去る。私家版の歌集だった。

卒業生はもう、どこへ寄り道してもいい。それぞれの家族と写真撮影をしたあと（我が家は姉までやってきた）、推薦で私大への合格を決めていた尾崎さん、進藤さんと、なぜか三人で駅前のカラオケボックスに向かった。一緒に遊ぶこと自体が初めてなのに、まるで以前からそうしていたような自然な流れで何時間も盛り上がった。歌本の末尾に「聖歌／讃美歌」もちゃんとまとめられているのを見つけ、歌い慣れた曲名を打ちこんではマイクを回して歌った。

ドリンクバーと部屋を何往復もして飲み物をお代わりした。メロンソーダを取りに行ったとき、髪に青いメッシュの入った若い男が真奈さんでもはっちゃんでもない女の子と壁にもたれていちゃいちゃしているのを見た。

歌いすぎて喉がひりひりしてきた頃、信奉者に取り囲まれてなかなか校内から出られずにいた栞が遅れて参戦した。帰りは塁さんが車で全員を送り届けてくれた。そんなふうにして、わたしの高校生活は幕を下ろした。

人生の節目の短い春休みは、濃厚な時間となった。わたしと同じく東京の私大に合格を果たした栞を祝うため塁さんと三人で小さなパーティーをしたし、塁さんとふたりでスケートにも行った。新生活に必要なものをリストアップして持っていくものと捨てるものの選別をし、たりないものを買いに走ったりしていたら、地元を去る日はみるみる近づいてきた。

家族にも変化があった。

わたしと入れ替わるようにして、父が単身赴任の任期を終え、松山から戻ってくることになった。花の名前を冠した老人ホームでパートとして働いていた姉には社員登用の打診があり、受ける方向だという。調理師免許の取得を目指し、大好きなスクールドラマも封印して机に向かうようになった。

室内に蜘蛛が出たら一撃で仕留めるようになった母は、家庭菜園を復活させようと言いだし、図書館から本を借りたりわたしのパソコンで調べたりして知識を取り入れ、毎日忙しそうだ。非科学的なものに傾倒していた頃とは別の意味でいきいきしていて、きちんと地に足がついている感じが頼もしい。神棚として使われていた押し入れの上のスペースには、アフリカスミレの鉢が数を増やして配置されている。

上京が翌週に迫ったある日、最新機種に買い換えたばかりの携帯電話が一通のメールの受信を知らせた。表示された畠山怜子という名前に、一瞬思考が止まる。

れいちゃんは地元の商業施設で販売員として働くらしいと聞いている。先月、栞に会う目的でクラスにやってきた温香がついでのように教えてくれた。

通学も下校も一緒にしなくなってからは校内で見かけることもほとんどなく、れいちゃんとの接点はなくなっていた。自分の噛みしめてきた苦い思いや不条理は、浪岡家でのきょうだいとの会話や『海鳴り』に寄稿した最後の作品を通して供養できたつもりだった。彼女はもう、常に自分の意識に入ってくるような存在ではなくなっていた。

東京へ運ばずこの部屋へ置いてゆくつもりのベッドに浅く腰かけ、呼吸を整えてから、わたしはそのメールを開いた。


『寿美子さんへ。卒業式の日会えなかったね。行事のたびに一緒に写真撮ってきたのになーという気持ちで、少し寂しかったです。

寿美子さんとは小さい頃から一緒だったのに、いろいろ嫌な思いをさせてきちゃったね。楽しく過ごすだけだったらよかったのに、意地悪なことを言ってしまったり、ちょっと嫌な態度を取ってしまったりしたことごめんね。

いいわけかもしれないんだけど、小五の時に親が離婚してお父さんが死んで、みんなの当たり前が私の当たり前ではなくて、みんなみたいに素直っていうかまっすぐな気持ちでいることができなくなった気がします。

寿美子さんはいつも私の話を聞いてくれたよね。使う言葉がちょっと難しくて私には理解できないこともあったけど、一緒に遊んだり学校に行ったりできて嬉しかったです。映画館とかスケートとかも楽しかったよね。ムクもかわいかったね。

せっかくずっと一緒にいたのに、自分の気まぐれのせいで嫌な時間になってしまうことが多かったよね。本当にすみませんでした。

よかったらこれからもメールください。東京にも遊びに行きたいです。』

びっくりしていた。純粋に、とても、驚いていた。

れいちゃんが自分のふるまいを謝罪する日がくるなんて。まさか、わたしに謝るだなんて。本当に、予想だにしていなかった。もっとプライドの高い人だと思っていた。

けれど、文章力が高いとは言えないそのメールをひととおり読み終えて、なんだか答え合わせをしたような気持ちになる。

れいちゃん、自覚していたんだ。自分が意図的にわたしに嫌な思いをさせてきたことを。お父さんのことが自分のふるまいに影を落としていたことを。柄にもない謝罪をしてまで、わたしとの仲を維持したいんだ。

彼女の背景を斟酌するほうが失礼なのだと自分を納得させたばかりだった。けれど、それもまた見当違いだったのだろうか。

ああ、返信打たなきゃ。

条件反射で文字を打ちこもうとした手が、ふっと止まった。

別に、返信しなくていい。唐突にそのことに気がついた。

事情はどうあれわたしたちの関係はとっくに賞味期限切れで、今更取り戻すべきものなど何もないのだから。このメールをスルーすることが、本当の意味でのれいちゃんとの決別になるのだから。その機会がようやく今、めぐってきたのだ。

メーカー不明のあの苺飴の味が、じわりと舌の奥に蘇る。あれに毒が含まれていたのかもなどとたわいもない想像をした頃の、重苦しい記憶も一緒に。

わたしはもう、他人の感情の面倒は見ない。もし仮にあの飴に毒があって、れいちゃんにコントロールされていたのだとしても、わたしからはもうその毒は抜けきっている。与えられても、もう食べない。そしてわたしからも、何も差し出さない。

「寿美子ー、手が空いたら手伝ってー」

階下から姉に呼びかけられる。今夜は父が帰ってくる。姉ははりきって手料理のフルコースで出迎えると言い、朝から母を助手にしてキッチンであくせく作業している。

「はあい」

打ちかけた文字を下書きに保存もせず削除し、携帯電話をぱたんと閉じてベッドの上に放った。

終章

　ひととおり聞き終えた諭の第一声は、「やっぱり女の敵は女だね！」だった。おもしろがっているようなその表情に、がっくりと肩の力が抜けた。

　まあ仕方がない。起こったことや感じたことのすべてを伝えきれたわけじゃないから、繊細なニュアンスまでは伝わらなかったのもむべなるかな、というところだ。

「やっぱさあ、女って女を攻撃するもんだよね」

「そういうことを言いたいんじゃないの。女同士を分断する価値観を再生産しないで」

　溜息をつきながら再び腰を上げ、氷がすっかり溶けきったふたつのグラスをキッチンへ運ぶ。

　シンクの蛇口を吐水させながら、さっき自分の口から出た「毒友」という言葉を思う。昨今、すっかり市民権を得た「毒親」という言葉を派生させたつもりだった。

　れいちゃんは親友でも悪友でもなく、そう呼ぶべきほかない存在だったと思う。友達同士にもハラスメントというものはあるのだと、今のわたしは知っているから。

あの頃、ある意味では自分もれいちゃんに依存していたのかもしれない。そんなふうに考えてみたりもした。花いちもんめでは最後まで選ばれなくても、一緒に通学するパートナーとしてれいちゃんはわたしを選び続けた。わたしを必要とする場面が何度もあった。そのことにどこか安堵や陶酔を覚えていたことも、否定できない気がして。でもそんなふうに思考を奪われている時点で、わたしは彼女にとらわれているのだ。

――だから、れいちゃん。やっぱり毒友と呼ばせてよ。わたしの心の奥底で。そんなふうに名前を付けて思考の隅に追いやることを許してよ。普通の友達じゃなかったことは、あなたもよくわかっているはずだから。さんざん消耗させられたし、二度と会うこともないのだから。

左膝の薄い傷はもう切手くらいのサイズになっていて、でも消え去ることなく居座っている。悲しみや苦しみも、完全になくすことを目指さなくてもいいのかもしれない。自分で持ち運べる程度の大きさにまで縮めば、もうそれで。

グラスを洗って水切りかごに伏せ、「え、怒った？　ねえ怒った？」と繰り返している夫の隣へ戻る。子どもっぽい面もあるけれど、自分にはないその単純さが愛おしくもあるのだということを伝えようか迷いながら。

大学で日本文学を専攻したわたしは、就職にそれを活かすこともなく、事務職ばかり選びながら転職を重ねた。最近は、社内報の校正やレイアウトをさせてもらうときがいちばん楽しい。本を貸し借りする同僚もできた。言葉に疲弊させられた日も、言葉によって救われる。

在学中に東京で共に遊んだ浪岡きょうだいとの交流は、卒業後も続いた。

栞は今、通訳案内士として全国を飛び回っている。訪日した外国人をさまざまな観光地へ案内しながら、日本文化やその魅力を外国語で伝える大変な仕事だ。語学力と適応力を存分に活かして働きながら、たまに連休をとって遊んでくれる。

わたしの初めての恋人になってくれた塁さんとは、数年経って彼がベルリンへ移住するのを機に離れたけれど、折に触れての近況報告は今でも欠かさない。ベルリン市内で日本語教師をしている塁さんからはときどき、子どもたちの写真がメールで送られてくる。自分の顔より大きなプレッツェルの穴から顔を覗かせる小さな女児と男児の顔立ちは、日本とドイツの血が流れていることを表していた。

麻紀は関西にある美容の専門学校で学び、卒業後もアルバイトをしながら勉強を続けている。コロナ禍に思いたって「名乗ったもんがちだから」とメイクアップアーティストとして開業し、少しずつ注文を受けているらしい。結婚式のときメイクをお願いできないかだめもとで打診したら、久しぶりの連絡だったにもかかわらずあっさりＯＫの返事をくれた。お互いにあの頃より大事なコミュニティを持つ今のほうが、心地よい距離感でいられる気がしている。

もちろん栞も参列してくれることになっている。あのときもらった白い熊のメーカーを調べてもう一体用意し、自作の衣装を着せてウェルカムベアとして使わせてもらうことは、当日までの秘密にしようと思っている。

れいちゃんからは、あれ以来連絡が来ることもなかった。メールを返さないことがわたしの意志表示だということが伝わったようだった。

ただ一度だけ、偶然の再会があった。

大学最後の夏休みに帰省したわたしは、隣町に新しくオープンしたショッピングモールに姉の運転で出かけた。都会とは異なる規模の商業施設で買い物をするのが新鮮に感じられ、普段は利用しないブランドで服や雑貨を買いこんだ。

レジで会計を担当した小柄な女性店員の胸元のバッジに小さく書かれた文字が「畠山」だと気づいたのは、クレジット決済をして伝票に署名した後だった。律儀にカードの裏の署名と突き合わせた彼女が、はっと息を呑んでこちらを見る。ほぼ同時に気づいたかたちだった。れいちゃんは眼鏡をかけていたし、わたしは髪の毛を明るく染めてパーマもかけていたから、お互い気づくのが遅れた。

「あ、ああ」

間抜けな声が出た。それからすぐに「久しぶり」と笑顔を作ることができた。その器用さに、内心自分で驚いていた。

「久しぶり」

れいちゃんも戸惑い気味に微笑んでみせた。わたしの後ろに列ができていたのは好都合だった。すぐに客と店員に戻って「ありがとうございました」と言い交わし、商品の入った紙袋を受け取った。そのままふりむかずに、姉のいるフードコートへと急いだ。

その夏休みが終わる直前、東京へ戻る前に、ふと気が向いて自転車を走らせた。跨川橋の手前の道を下り、乱反射する川沿いを走って猪俣さんの庭を目指した。

愕然とした。砂利道が舗装され、木立の樹々がほとんど刈られていたことからなんとなく予感めいたものはあったのだけれど、古民家の立ち並んでいたエリアには、ほとんどその面影はなかった。色違いの屋根の建売住宅がひしめき、コンビニまで建っている。瓦屋根の猪俣さんの家があった場所は更地になっていた。四方をテープで囲まれ、均された土に「売地」の看板の脚が刺さっている。ムクは、おばあさんは、そしてあの背の高い男は、どこへ行ってしまったのだろう。

かつて庭だった部分は、ほとんど当時のままになっていた。雑草に蹂躙されているその庭の隅のほう、ひょろひょろとした細い木が一本立っている。三メートルほどの高さだろうか。

ちょうどれいちゃんと林檎の種を埋めたあたりだと気づいたとき、心臓がどくんと鳴った。あのときの種が育ったものに違いなかった。

それは感傷だった。過ぎたものを遠くから眺めるとき胸に走る、甘い疼痛。取り戻したいものでもなんでもなく、反射的に起こった脳内の化学反応に過ぎなかった。

感傷と一緒に、懐かしい苺飴の味がじわりと口の中に広がってゆく気がした。甘酸っぱくて過剰な、本物より本物のような、苺の味。

誰かのことを憎みきらなくていいし、無理に許しきらなくてもいい。自分の感情を頑張って加工しなくていい。戸惑いながら手探りの日々を生きていたあの頃の自分に、今ならそんな言葉を届けてあげられる気がする。

ただ、ひとつだけ思うのだった。一緒に食べたあの苺飴の味を、れいちゃんも思いだすことがあるのだろうかと。長くも短くもない人生の、ほんの一瞬だけでも。

【おわり】

本書は書き下ろしです。

砂村かいり

すなむら・かいり

2020年、第5回カクヨムWeb小説コンテスト恋愛部門〝特別賞〟を『炭酸水と犬』『アパートたまゆら』で二作同時受賞し、翌年デビュー。その他の著作に、『黒蝶貝のピアス』(東京創元社)がある。

苺飴には毒がある

2023年11月13日　第1刷発行
2024年11月29日　第2刷

著者　砂村かいり
発行者　加藤裕樹
編集　稲熊ゆり
発行所　株式会社ポプラ社
〒141-8210
東京都品川区西五反田3-5-8
JR目黒MARCビル12階
一般書ホームページ　www.webasta.jp
校閲　株式会社鷗来堂
印刷・製本　中央精版印刷株式会社

N.D.C.913/303P/19cm/ISBN978-4-591-17971-0
P8008441